O Estigma Oculto 3

Copyright © 2022 Ryuho Okawa
Edição original em japonês: Shousetsu Jujika no Onna 3 –
Uchu hen © 2022 Ryuho Okawa.
Edição em inglês: © 2022 The Unknown Stigma 3 –
The Universe
Tradução para o português: © 2022 Happy Science

IRH Press do Brasil Editora Limitada
Rua Domingos de Morais, 1154, 1º andar, sala 101
Vila Mariana, São Paulo – SP – Brasil, CEP 04010-100

Todos os direitos reservados.
Nenhuma parte desta publicação poderá ser reproduzida, copiada, armazenada em sistema digital ou transferida por qualquer meio, eletrônico, mecânico, fotocópia, gravação ou quaisquer outros, sem que haja permissão por escrito emitida pela Happy Science –
Happy Science do Brasil.

ISBN: 978-65-87485-44-7

ROMANCE

O Estigma Oculto 3

⟨O Universo⟩

Ryuho Okawa

IRH Press do Brasil

1.

A condição apocalíptica do planeta continuava a ser exibida numa grande tela, enquanto a nave espacial se afastava da Terra e se aproximava da Lua.

Agnes relembrou o *Livro do Apocalipse*. Os detalhes do livro eram ambíguos, mas os eventos que se desdobravam diante de seus olhos eram claros e específicos, não deixavam margem a interpretações equivocadas.

Ela testemunhara o fim da Sétima Civilização da Terra; tentara salvar a Terra utilizando ao máximo suas habilidades, mas não conseguira salvar sequer as pessoas mais próximas. Havia compreendido que Deus Pai, a maior expressão do amor e da misericórdia, é também o rigoroso Deus do Julgamento; e que era Ele quem realmente deveria chamar de "Pai"… Uma série de pensamentos como esses passavam pela sua cabeça. Então, Agnes acabou tendo um pensamento mais profundo: qual foi exatamente o momento decisivo para a raça humana da Terra poder continuar vivendo ou ser varrida do planeta? Será que houve uma chance para que a humanidade mudasse seu futuro a partir de sua própria vontade e de suas decisões? Se Deus Pai havia abandonado a humanidade no século XXI, qual teria sido a causa fundamental de Sua decisão?

A guerra nuclear – talvez tivesse sido parte disso. Mas o general Yaidron e os outros tinham tecnologia e recursos para neutralizar e destruir armas nucleares. Com um pequeno esforço, todas as armas nucleares da Terra poderiam ter sido removidas.

Seriam os anos de domínio colonial e de discriminação racial? Talvez esse fosse outro fator. Mas era por isso que as pessoas estavam lutando para promover uma diplomacia de direitos humanos e movimentos para superar a divisão entre Norte e Sul e eliminar a grande lacuna de riqueza entre ricos e pobres.

O conflito entre os campos comunista e capitalista? Isso havia dado uma grande guinada por volta de 1990, com o colapso da União Soviética e a sobrevivência da República Popular da China por meio da liberalização de seus mercados e da opção por um caminho em direção a um socialismo modificado.

Com a Guerra do Vietnã, os Estados Unidos da América haviam tentado proteger o Vietnã do Sul, mas este perdera a guerra para o Vietnã do Norte, que era apoiado pelo Partido Comunista Chinês e pela União Soviética. No final, as forças armadas dos EUA retiraram-se de Saigon em seus helicópteros. O comunismo, no entanto, não durou muito no Vietnã, e os vietnamitas acabaram adotando uma economia de mercado e reataram relações com os Estados Unidos.

A Índia, antes um país socialista, fez uma transição para uma economia de mercado liberal na década de 1990 e mostrou um desenvolvimento econômico positivo. A Índia estava passando por mudanças e manteve relações tanto com a Rússia como com os Estados Unidos e o Japão.

Quanto à questão entre as duas Coreias, a do Norte e a do Sul, elas ficaram muito divididas após a Segunda Guerra Mundial. Embora a Coreia do Norte fosse uma ditadura detentora de mísseis equipados com ogivas atômicas ou de hidrogênio, as Nações Unidas poderiam ter integrado pacificamente as duas Coreias depois que a minha oração "Sim, meia-volta", contra seus mísseis nucleares, mostrou-se efetiva. As forças militares dos EUA poderiam ter, elas sozinhas, impedido a Coreia do Norte de se tornar uma superpotência nuclear. O Japão teria sofrido milhões de baixas, mas isso não seria nada comparado à vida de 8 bilhões de pessoas em todo o mundo. Com o poder do general Yaidron e da Federação Espacial, a Coreia do Norte não deveria ter sido um problema. Os únicos problemas que haviam restado eram os abusos de direitos humanos na China e os planos do país de invadir Hong Kong e Taiwan, mas os chineses poderiam ter sido contidos se o Grupo dos Sete (G7) e o Quad (EUA, Japão, Austrália e Índia) tivessem trabalhado em conjunto para impor sanções econômicas e usar força militar.

Ou será que o Senhor Deus estava furioso pela contaminação da Terra com o coronavírus originado em Wuhan, na China, e com sua natureza dissimulada de arma para uma guerra global? Mas a pandemia do coronavírus começava a se dirigir de volta à China, e a previsão era que a pandemia terminaria dentro de cinco anos ou mais.

Se não foi essa a causa, poderia ter sido a Guerra Russo-Ucraniana, com seu potencial de levar à extinção da humanidade? Com sanções econômicas efetivas contra a Rússia, assim como fundos monetários e provisões suficientes de armas, munição e alimentos para a Ucrânia, fornecidos pelos países ocidentais e pelo Japão, talvez as forças russas tivessem se retirado. Uma guerra nuclear total poderia ter ocorrido no estágio seguinte. Onde é que as coisas deram errado?

Quem sabe o Senhor Deus tenha visto o conflito entre Israel e o fundamentalismo islâmico como algo irremediável. O conflito religioso envolvendo o cristianismo estendera-se por bem mais de um milênio, e um longo conflito era certamente esperado. Ou será que a humanidade cometera erros nas questões da mudança climática e das energias renováveis? Mas ela talvez viesse a encontrar a verdade por volta de 2050.

Ou teria Deus reagido – como havia feito na história de Sodoma e Gomorra – contra o movimento LGBTQ que Obamiden e outros tentavam levar adiante, criando uma catástrofe semelhante à Arca de Noé?

E, se não fosse isso, será que Deus concluíra que o "novo bem-estar social", uma variação da democracia, estaria criando uma sociedade pior que a do comunismo? No comunismo, aqueles que não trabalham são enviados para a cadeia; sob o novo sistema do bem-estar social, o governo simplesmente dá dinheiro àqueles que não trabalham e segue em frente acumulando déficits no orçamento.

E a pergunta final poderia ainda ser o plano de invasão da Terra por alienígenas malignos. Em quais países e em quais líderes esse alienígenas malignos se infiltraram? Era praticamente impossível que os 8 bilhões de pessoas na Terra, ou mesmo organizações internacionais como as Nações Unidas e a Corte Internacional de Justiça, tivessem conseguido determinar isso.

Os dois presidentes americanos mais recentes haviam anunciado a existência de objetos voadores não identificados, mas o fato é que mesmo os países desenvolvidos ao redor do mundo estavam atrasados em obter informações a esse respeito. O assunto era abordado apenas por programas de televisão de alcance restrito – e só.

Na verdade, estou agora a bordo da nave-mãe *Andromeda Galaxy*, mas as pessoas na Terra não conseguem imaginar a existência de uma nave espacial como essa.

O materialismo comandado pela "todo-poderosa ciência" acabou tornando-se a essência da vida acadêmica e da mídia de massas, mas a ciência da Terra ainda é primitiva demais para encarar uma era espacial. Talvez o Senhor Deus tenha ficado furioso porque a "ciência" se fundiu ao materialismo para perseguir a "fé".

O lado oculto da Lua não demoraria a ficar visível.

Agnes deveria se lembrar com atenção de tudo o que aconteceria a partir de agora. Lembrar-se de tudo para quando voltasse à Terra…

2.

A Lua parecia cada vez mais próxima. Agnes começou a ver suas inúmeras crateras. Não havia ar. Portanto, também não havia oxigênio. Agnes ficou imaginando se um lugar como aquele poderia sustentar alguma vida.

Havia várias teorias a respeito da formação da Lua. Alguns diziam que a Lua passara a existir quando a região do Pacífico da Terra se desprendeu, enquanto outros diziam que meteoritos foram atraídos pelo campo gravitacional da Terra e se juntaram para formar a Lua. Mas uma análise da composição de uma rocha lunar mostrou que a rocha era tão antiga quanto as da Terra, que se supõe terem se formado há 4,6 bilhões de anos. Com certeza, ninguém acredita na história do folclore japonês que fala de um coelho sovando o *moti* na Lua, mas seria necessário algum tipo de alimento, além de água e de ar, e de uma temperatura adequada, para que surgisse vida ali.

O conto japonês da princesa Kaguya tem mais de 1.300 anos, mas quanto mais você o lê, mais parece que a princesa era uma alienígena. Diz que um velho cortador de bambu encontra um bambu reluzente num bambuzal, e vê nele uma garotinha. Se Agnes se lembrava bem da história, o cortador de bambu encontra moedas de ouro junto com a garotinha. A menina cresce e em apenas três meses torna-se uma linda mulher.

Então, a princesa recebe propostas de casamento de vários nobres da capital, mas eles desistem diante das exigências totalmente insensatas que ela faz.

Nesse meio-tempo, a princesa diz ao velho cortador de bambu que ela precisa voltar à Lua na noite de lua cheia. Há soldados armados com arcos e flechas guardando o jardim e o telhado, e então o exército da Lua chega voando, montado em nuvens. Os seres celestiais, com o Buda Shakyamuni no centro, vêm resgatar a princesa Kaguya enquanto tocam música. Os soldados, armados de arco e flecha, ficam imobilizados, presos por uma força invisível. A princesa Kaguya é levada pelos ares numa carroça de boi e retorna ao mundo da Lua. Este é um resumo da história. Agnes pensou que a história era muito semelhante a um relato de óvnis para ser lida apenas como um conto antigo.

Em primeiro lugar, a garotinha brilhando dentro de um bambu poderia ser interpretada como uma pequena nave espacial e um pequeno ser alienígena. Muitos óvnis brilham à noite. Há também inúmeros relatos de mulheres na Terra abduzidas por óvnis e que têm filhos com alienígenas, e essas crianças então crescem e se tornam adultas em poucos meses.

Também são frequentes os relatos de que, quando aparece um óvni, os instrumentos dos aviões param de funcionar ou que as pessoas não conseguem mexer o corpo quando encontram alienígenas, como se estivessem com paralisia do sono. Talvez a história da princesa Kaguya seja baseada em experiências reais e não uma história imaginada. Também é interessante a passagem da história em que o Buda Shakyamuni chega montado numa nuvem para resgatá-la.

A história da princesa Kaguya não faz uma clara distinção entre o Universo e o Céu do mundo espiritual, mas Agnes sabia que seu Pai Celestial estava conectado ao Buda Shakyamuni.

E pensou: "Talvez eu esteja passando agora por algo parecido com o que a princesa Kaguya experimentou".

Agnes também achava intrigante o conto de Urashima Taro. O pescador Taro resgata uma tartaruga, que então o convida a ir ao Reino dos Deuses Dragões. Taro vive ali durante três anos se divertindo, mas quando volta à sua aldeia, percebe que já haviam se passado trezentos anos. O Palácio dos Dragões poderia estar situado num "planeta de água" em outra parte do Universo, e o que ali pareciam três anos poderia ser equivalente a trezentos anos num mundo além da velocidade da luz. E vice-versa.

De acordo com o general Yaidron, ele prestou apoio a Moisés de seu óvni quando Moisés saiu do Egito, há mais de 3 mil anos. Portanto, Agnes não tinha certeza sobre a verdadeira idade dele.

Na realidade, Deus Pai, El Cantare, poderia ter mais de 100 bilhões de anos. Quando Agnes começou a pensar a fundo sobre isso, sentiu sua cabeça ficar confusa.

– Você logo vai descobrir – disse um robô-guia de 1,20 metro de altura, com a aparência de uma japonesa bonita. Ele prosseguiu:

– A Lua contém algumas cavidades no subsolo que, embora sejam pequenas, abrigam cidades subterrâneas. Há rios artificiais que circulam por conta própria e iluminação artificial, tão brilhante quanto os refletores do Tokyo Dome. Há pequenos animais de estimação e hortas. Também há insetos e novas espécies de criaturas, que estão sendo estudadas.

Alguns seres espaciais estão vivendo na Lua desde que chegaram ali em algum momento durante as antigas civilizações da Terra. Existem dezenas de espécies de alienígenas que vivem principalmente no lado oculto da Lua, que não pode ser visto da Terra. A Lua é a sua base, de onde eles partem para a Terra em missões. Mas nem todos são aliados; alguns são forças hostis.

– Que tipo de seres espaciais são eles? – Agnes perguntou ao robô-guia.

– Dê uma olhada no monitor. Está vendo aquela estrutura que parece um mexilhão gigante? Os reptilianos que praticam o mal na Terra ainda vivem ali. Desta vez, estiveram muito envolvidos na China e na Coreia do Norte.

– E, então, o que o Pai irá fazer?

Naquele momento, três canhões projetaram-se do convés dianteiro do aerodinâmico casco da *Andromeda Galaxy*.

Os três canhões desviaram-se 45 graus para a esquerda e dispararam raios de luz.

A base inimiga em forma de mexilhão gigante fechou a abertura de sua boca e tentou se recolher para o subsolo.

Em seguida, quatro mísseis foram disparados da parte traseira da nave-mãe. A base de defesa em formato de mexilhão foi destruída, e vários alienígenas com rosto de inseto, parecidos com o super-herói da tevê japonesa Kamen Rider, fugiram da base. Escaparam montados em veículos semelhantes a motocicletas em todas as direções pela superfície da Lua.

Cerca de dez pequenos óvnis, cada um com 10 metros de diâmetro, decolaram da nave-mãe e destruíram os alienígenas em fuga, um após o outro, com armas de raios laser.

– A gente colhe o que planta. Agora estamos varrendo o mal que eles vinham promovendo na Terra – disse Deus Pai.

O Senhor complementou: – Eles estavam destruindo aos poucos a fé dos terráqueos, em troca de compartilhar um pouco de sua tecnologia científica.

– Terminamos por aqui? –Agnes perguntou.

– O general Yaidron ainda deve abater o general inimigo, Bazuka, que está numa base subterrânea. É aquele óvni de 30 metros que está tentando fugir da Lua.

A nave de combate do senhor Yaidron destruiu a nave espacial de Bazuka com seu canhão de raios laser giratório.

Era a primeira vez que Agnes testemunhava uma guerra espacial de verdade.

3.

Agnes compreendeu que a base alienígena da Lua funcionava como um local para coletar informações sobre a Terra e onde os seres espaciais que haviam deixado a esfera terrestre descansavam antes de se locomover para outros planetas.

– Quantos seres espaciais vivem na Lua? – Agnes perguntou ao robô-guia.

– Bem, geralmente 2 ou 3 mil seres espaciais, mas às vezes reúnem-se ali dezenas de milhares, antes de algum grande evento ou após a chegada de uma nave-mãe óvni.

– E onde ficam a entrada e a saída? – Agnes quis saber.

– Olhe bem para o monitor. Está vendo aquela cúpula hemisférica, transparente, em cima daquela enorme cratera? Quando ela se abre, vemos um grande orifício na área da cratera, e é por ali que as naves espaciais entram e saem.

– Fico pensando se o Pai pretende ficar na Lua por algumas noites.

– Desta vez, a força principal do inimigo está fugindo para Marte, portanto o mais provável é que a batalha continue em busca deles.

– Mas eu gostaria de caminhar sobre a Lua, pelo menos uma vez. Acho que os Estados Unidos pararam de enviar pessoas à Lua depois do Programa Apollo porque encontraram óvnis, talvez até uma base de óvnis, e também alienígenas, então acharam que seria perigoso voltar. Se eu caminhar pela superfície da Lua, talvez apareça alguém para observar.

– Nossa, Agnes, como você é corajosa! Com certeza vai se sentir como um coelho se andar na Lua.

Assim, Agnes decidiu dar um passeio pela superfície lunar. O limite era de 15 minutos. Quando vestiu um traje espacial e pôs os pés na Lua, sentiu o corpo bem mais leve.

– Pule, pise, salte!

Ao dar um passo, ela conseguia avançar de 5 a 10

metros. Era divertido. Ela viu uma criatura parecida com escorpião saindo de baixo de uma rocha. Ouviu à distância a voz do robô-guia.

– Esse escorpião é uma máquina de vigilância. Significa que um vigia de uma cidade subterrânea está observando você pelos olhos do escorpião. Por favor, não o quebre.

Ao ouvir isso, Agnes sentiu vontade de fazer uma brincadeira. Abaixou-se um pouco e pegou uma pedra. – Ei! – atirou-a na direção do robô com formato de escorpião. A pedra pareceu muito leve. Ou melhor, a pedra chegou a voar uns 30 metros. O escorpião entrou em pânico e se enfiou no subsolo. Embora fosse apenas um robô, parecia proteger a si mesmo, como qualquer criatura viva.

Toda vez que Agnes pulava, levantava um pouco de poeira. Mas não havia vento. Agnes olhou para cima e viu incontáveis estrelas cintilando. Nesse momento, três óvnis ficaram visíveis no horizonte.

"Preciso voltar logo", pensou ela. Na mesma hora em que teve esse pensamento, foi sugada para dentro da nave-mãe por um poderoso raio magnético. Viu-se então de volta ao seu assento, vestindo um traje cor-de-rosa com a inscrição RO.

– Pai, afinal, a tal história do coelho na Lua, será que não falava de uma pessoa que realmente andou na Lua no passado? De que outro modo os terráqueos poderiam saber que você, ao andar na superfície da Lua, é como se estivesse pulando como um coelho?

– Tem razão. Mesmo nas civilizações passadas houve humanos que vieram à Lua. Há também outros que foram de lá para a Terra para contar aos terráqueos a respeito da gravidade zero na Lua. Talvez seja por isso que o coelho costuma aparecer na história da Lua – disse o Senhor.

Ele continuou.

– Bem, agora vamos para Marte. A Lua tem mais ou menos um quarto do tamanho da Terra, mas Marte tem cerca de metade do tamanho da Terra.

Antigamente havia rios correndo pela superfície de Marte e também havia ar, mas o planeta foi palco de uma guerra muito tempo atrás. Agora, a condição de vida lá é ruim. Existem calotas de gelo do tamanho da Groenlândia nos polos norte e sul, e água no subsolo. O planeta tem esse aspecto vermelho por causa do óxido de ferro em sua superfície, parte do qual é usada para construir naves espaciais. O planeta é envolvido por uma fina atmosfera composta de dióxido de carbono, mas os seres espaciais construíram uma grande cidade subterrânea. Nossa base fica num grande cânion chamado Vale Marina, que tem 40 quilômetros de largura e cerca de 4 mil quilômetros de comprimento.

Depois que Deus Pai disse isso, a nave de Agnes chegou em 15 minutos ao céu de Marte. A impressão era de que as áreas expostas ao sol tinham uma temperatura muito elevada, e que as áreas não expostas eram extremamente frias. Portanto, a maioria dos alienígenas tinha bases um pouco maiores que as da

Lua na cidade subterrânea de Marte. Dizia-se que a cidade possuía tetos artificiais e iluminação artificial. Os nativos marcianos pareciam frangos altos e eram muito inteligentes. Contava-se que estavam utilizando vários ciborgues do tipo Grey para realizar diversos trabalhos. Dizia-se que alguns ciborgues usavam os cérebros de humanos que haviam sido trazidos da Terra. Esses humanos eram agora uma raça extinta.

Agnes notou que Yaidron e sua frota de óvnis também estavam seguindo-os até Marte. Isso queria dizer que haveria outra batalha ali.

Quando estavam prestes a pousar na margem direita do Vale Marina, dezenas de cúpulas transparentes se abriram. Assim que as naves de combate entraram, as cúpulas fecharam-se automaticamente. Então, o que parecia ser a superfície de Marte separou-se numa abertura bem ampla, que conduziu a nave-mãe *Andromeda Galaxy* e outros óvnis até um aeroporto subterrâneo.

Eles saíram da nave e entraram num edifício próximo à torre de controle. Seres espaciais de todos os tipos caminhavam pelos corredores – como no filme *Homens de Preto*.

Agnes obteve mais informações de Deus Pai. Os alienígenas pareciam estar trabalhando para a Força--Tarefa da Terra da Federação Espacial.

Ela ouviu vários nomes sendo pronunciados, como Vega, Deneb, Sírio, Altair, Centauro, Ursa Menor, Cassiopeia, Andrômeda e Sagitário.

Agnes não era capaz de compreender tudo imediatamente. Mas entendeu que voluntários daquelas estrelas e constelações estavam aparentemente protegendo o Sistema Solar – e a Terra, especialmente.

Também parecia haver alienígenas vivendo num dos satélites de Júpiter, chamado Europa.

– Amanhã entraremos em guerra – ecoou a voz do Pai.

4.

O dia raiou na cidade subterrânea de Marte. Na realidade, a cidade tinha um sol artificial, então o dia progredia de acordo com a mudança de cor de sua luz: uma luz azul-claro brilhava no período da noite, ao amanhecer o raio de luz adquiria um leve tom alaranjado e, durante o dia, a luz ficava da cor do sol ao meio-dia. Tudo indicava que a luz voltaria a ficar alaranjada ao entardecer. Agnes consultou seu relógio e viu que eram 6h30 da manhã. Teria que ir embora às 8 horas da manhã, portanto precisava se aprontar depressa.

Enquanto Agnes tomava uma ducha, uma televisão esférica surgiu na parede, transmitindo três reportagens diferentes simultaneamente. De alguma maneira, ela conseguia acompanhar as três reportagens ao mesmo tempo.

Viu as notícias sobre Marte por cerca de 10 minutos, enquanto tomava banho. O noticiário trazia algumas informações ocasionais da Terra e de outros planetas.

O secador de cabelo era silencioso, e ela conseguiu secar o cabelo e o restante do corpo em um minuto. Ficou admirada com o vaso sanitário. Um dispositivo similar às ventosas de um polvo grudou no traseiro dela, e depois de três sinais, tap-tap-tap, fezes e urina foram sugados, seguido de lavagem e secagem do traseiro em 15 segundos.

O vestuário estava organizado em roupas de ficar em casa e roupas para sair, e depois de entrar na caixa correspondente a cada uma dessas divisões, a pessoa já saía automaticamente vestida. Além disso, as roupas de ficar em casa eram macias, próprias para relaxar. Naquela manhã, Agnes decidiu vestir-se de branco.

O quarto de Agnes tinha 15 metros quadrados. Seu café da manhã foi servido numa mesa que se ergueu do chão. Uma robô-garçonete de 1,20 metro apareceu junto com a mesa para servi-la.

Bastou Agnes pensar em abrir as cortinas e uma janela apareceu do nada. Ela parecia estar no quarto de um hotel luxuoso.

A vista da janela era equivalente à de Nova York; havia um rio parecido com o Hudson, e também um edifício semelhante ao Empire State, assim como as torres gêmeas do World Trade Center, destruídas em 11 de setembro de 2001 no planeta Terra. A robô-garçonete comentou que as torres gêmeas haviam sido recriadas a partir das boas memórias que o Senhor El Cantare guardava delas.

O café da manhã consistia em sopa, pão, carne artificial, frutas e café com leite. É claro, ela podia mudar o pedido conforme suas condições físicas daquele dia.

Durante a refeição, ela assistiu a um guia de Marte que estava sendo exibido em uma tela na parede. A Federação Espacial ou Aliança Interplanetária tinha uma cidade subterrânea com uma população de 1 milhão, localizada ao longo do grande cânion. A cidade inteira era uma espécie de Nações Unidas do Sistema Solar.

Por outro lado, os alienígenas malignos que vinham corrompendo a civilização da Terra ao longo de vários milênios pareciam ter sua base oculta sob a calota de gelo do polo norte. Também pareciam ter construído uma organização hierárquica, que, segundo se dizia, era formada por várias espécies do espaço, todas elas com um forte desejo de destruição e desprovidas de amor e de harmonia, e que viviam com pessoas que haviam sido expulsas de civilizações passadas na Terra.

Calculava-se que havia cerca de 20 mil a 30 mil seres, mas como esses alienígenas malignos tinham a capacidade de se "incorporar" em figuras de autoridade da Terra para usá-las como seus avatares, haviam sido responsáveis por induzir rebeliões e corrupção pelo planeta todo. Além disso, possuíam naves de combate, cruzadores e uma frota de óvnis. Dizia-se que o óvni de Bazuka que fora destruído na Lua tivera grande influência no recente tumulto ocorrido na Terra.

Nesse momento, 10 minutos antes das 8 horas da manhã, um robô-guia chegou e levou Agnes até a nave-mãe, a *Andromeda Galaxy*. Eles desceram por um elevador transparente até o corredor que levava à entrada da nave.

Agnes foi conduzida para um breve passeio pelo interior da nave. Era uma nave de combate com mais de 800 metros de comprimento e 200 metros de largura, mas Agnes foi informada de que o veículo tinha a capacidade de se transformar e assumir um formato diferente, dependendo do tipo de batalha.

Hoje, a frota espacial inteira seria mobilizada – cerca de mil naves no total. As naves que precisavam ser reparadas haviam sido consertadas durante a noite.

O robô-guia contou-lhe que a bordo da *Galaxy* havia 200 alienígenas e cerca de 300 robôs. Foi informada de que mais tarde receberia os detalhes e que hoje só precisaria permanecer na torre de controle e observar a batalha. O comandante em chefe era o Senhor Deus, mas, na prática, um ser espacial conhecido como Commander Z assumiria a função de capitão da nave. Comunicaram a Agnes que a verdadeira identidade dele seria revelada a ela depois que a batalha terminasse.

Eram agora 8 horas. Ouviu-se um sinal, que soava como *pfuiiiiiiim!*, e uma comporta na superfície de Marte se abriu, seguida pela abertura de uma cúpula semicircular.

Um grande exército de mil naves espaciais reuniu-se cerca de 500 metros acima do Vale Marina.

Deus Pai fez uma breve saudação e ordenou que o exército não deixasse escapar Ahriman, o principal perpetrador do colapso da Sétima Civilização da Terra.

Todas as naves espaciais partiram em direção ao céu acima do polo norte de Marte. A ponta de um *iceberg* se abriu e apareceu um túnel.

Óvnis inimigos passaram então a jorrar dali, um após o outro.

Os principais combatentes eram as naves de Yaidron e de R. A. Goal. Qual seria o desfecho dessa batalha decisiva em Marte? Agnes ficou pensando nisso e virou-se para Deus Pai, à sua direita, para tentar ler Sua expressão facial.

Mas o Pai permaneceu em silêncio.

Era o início de uma experiência totalmente nova.

5.

A calota de gelo no polo norte de Marte tinha o tamanho aproximado da Groenlândia. Se havia mesmo uma base subterrânea instalada ali, não seria fácil destruir totalmente a força inimiga. As forças aliadas precisavam atrair o general inimigo para fazê-lo sair dali.

Nesse momento, cerca de cem pequenos óvnis passaram voando na frente de Agnes. A maioria deles eram óvnis de um só assento, pilotados por alienígenas Grey, provavelmente com o propósito de sondar as forças aliadas. Se os alienígenas Grey concluíssem que não teriam chances de vencer, optariam pela estratégia de se esconder debaixo da calota de gelo. Era desse modo que vinham sobrevivendo até agora.

Mas dessa vez o Senhor Deus estava do lado das forças aliadas, e a nave-mãe *Andromeda Galaxy* fazia sua primeira intervenção. As forças aliadas precisavam conseguir resultados brilhantes na batalha.

A verdadeira intenção do Senhor Deus era desferir um golpe não só contra Ahriman, mas também contra Kandahar, o comandante em chefe dos deuses do mal, que governava todo o lado obscuro do Universo.

Primeiro, houve uma batalha aérea entre pequenos óvnis. A batalha foi arrasadora em favor das forças aliadas, já que elas combatiam com trezentas naves espaciais contra cem naves inimigas.

Embora as forças aliadas estivessem em vantagem, era difícil localizar os inimigos, que usavam a tática do camaleão – emitiam do lado de fora a cor de gelo para se camuflarem em relação aos *icebergs* ao fundo.

A força inimiga usava ciborgues Grey, então as forças aliadas lutavam para tentar ler a mente deles, como conseguiam fazer nas lutas contra os humanos.

A nave de combate da ala esquerda das forças aliadas, a *Enlightenment 1*, era comandada por R. A. Goal. Ele ultrapassou a frota inimiga de pequenos óvnis e disparou um raio de luz verde do alto do *iceberg*.

O *iceberg* ficou parecido com uma montanha verde. Os óvnis inimigos ainda tinham a cor prateada reluzente, então foram facilmente alvejados e abatidos pelos pequenos discos voadores das forças aliadas. As forças aliadas disparavam raios de luz e mísseis. Muitas naves espaciais inimigas foram abatidas.

Em seguida, três cruzadores semelhantes a raias gigantes, cada um com cerca de 100 metros de comprimento, saíram voando do buraco no *iceberg*. Esses cruzadores provavelmente estavam equipados com mísseis e canhões de raios laser. Nessa hora, sete ou oito pequenos óvnis aliados foram abatidos. O raio de luz dos óvnis aliados parecia causar algum dano, mas não era potente o suficiente para abater os cruzadores. Então, a nave de combate da ala direita, a nave de Yaidron, avançou. Era um óvni imenso, com mais de 200 metros de diâmetro; Yaidron era um guerreiro profissional, e a força inimiga ficou intimidada ao ver a letra "Y" gravada na parte de baixo do disco voador de Yaidron.

Yaidron lançou algo similar a anéis de luz, com cerca de 7 a 8 metros de diâmetro, disparados de cada lado de sua nave de combate. Era uma nova arma. Os anéis de luz giraram rapidamente como se fossem estrelas ninja, ou facas lançadas, e cortaram ao meio dois dos três cruzadores inimigos. Em seguida, os anéis chegaram à calota de gelo, girando intensamente, penetrando e cortando centenas de metros de gelo. Se ali houvesse um vão, junto com uma base inimiga, boa parte já teria sido totalmente destruída. Como prova disso, fogo e fumaça eram expelidos por toda a superfície do *iceberg*.

Os três principais canhões da nave *Galaxy* dispararam raios laser no terceiro cruzador e o destruíram.

Por fim, a força inimiga mobilizou sua nave de combate *All Black*, que era também sua nave-mãe que transportava Ahriman. Era escoltada por dez óvnis com cerca de 50 metros de comprimento cada.

O canhão principal da nave de combate inimiga disparou um raio arco-íris e destruiu um cruzador aliado, o *Old Goat*. Essa nave carregava um alienígena parecido com um bode chamado "Peaceful Mind" – um diplomata que vinha acompanhando as forças aliadas desde a base lunar. Era capaz de falar cem línguas espaciais diferentes; infelizmente, ele caiu no solo marrom-avermelhado de Marte ao ser atingido pelo canhão do inimigo. Mas certamente sua equipe de resgate viria da base ao seu encontro.

As dez naves de escolta do inimigo abateram os pequenos óvnis dos aliados, um por um.

Das forças aliadas, um cruzador negro triangular, chamado *Eagle Mind*, mergulhou das alturas do céu. O *Eagle Mind* carregava no total oito mísseis, quatro em cada asa. Os mísseis tinham um sistema que conseguia rastrear o inimigo aonde quer que ele fosse, depois que o alvo estivesse sob mira travada.

Cinco naves de escolta inimigas foram tiradas de combate. Duas fugiram para dentro do túnel do *iceberg*, mas ocorreu dentro dele uma grande explosão.

As outras três naves de escolta foram atingidas por três mísseis gigantescos lançados da ponta dianteira da nave-mãe *Galaxy*.

Enquanto Agnes tentava imaginar o que Ahriman faria em seguida, a nave dele, *All Black*, começou a fugir para o espaço sideral.

A nave de Yaidron foi atrás dele. Ahriman tentava fugir de Marte para chegar a Júpiter.

Ahriman se assustara ao ver a letra "Y" impressa na nave de Yaidron. Muitas das suas espaçonaves haviam sido abatidas por essa única nave. O nome oficial da nave de Yaidron era *God Fire*. A *God Fire* lançou um raio de luz em forma de rede de seu canhão principal. A nave de combate de Ahriman foi capturada por essa rede de luz, que ficava ligada ao canhão principal da nave de Yaidron por um cordão de luz.

A espaçonave de Yaidron empurrou as naves de combate de Ahriman para os céus acima de Marte com grande força, e capturou o inimigo vivo.

A nave de combate de Ahriman foi trazida então à presença do Senhor Deus.

Se a *Galaxy* disparasse seu canhão principal, Ahriman e a nave *All Black* seriam transformados em pó.

Ahriman ergueu uma bandeira branca.

A batalha das naves espaciais terminou com a grande vitória do Senhor. Faltava agora prender, confinar e interrogar Ahriman na base de Marte e registrar suas transgressões do passado no registro cósmico. O Senhor Deus confiou essas tarefas a Yaidron.

Commander Z, capitão da *Andromeda Galaxy*, disparou o "Final Missile Z"– dez vezes mais destrutivo que uma bomba de hidrogênio – sobre o centro da calota de gelo no polo norte de Marte. O míssil entrou em rotação como uma broca; penetrou no centro da calota de gelo e produziu uma imensa explosão. Eles ainda precisavam fazer Ahriman confessar se o comandante em chefe Kandahar estava ali dentro.

6.

Ahriman e Yaidron estavam agora um diante do outro na sala de interrogatório. Ahriman tinha cerca de 1,90 metro de altura e vestia-se de preto. Os chifres em forma de antena em sua cabeça curvavam-se para fora em um terço de seu comprimento a partir das pontas, então, se aquele Baikinman do animê japonês tivesse pai, seria parecido com ele. Ahriman tinha a cintura envolvida por um cinto prateado. Seu físico era semelhante ao de um Super-Homem, um pouco mais esbelto.

Sentado junto a uma mesa de 2 metros de largura por 1,50 metro de comprimento estava Yaidron, que parecia uma combinação de Super-Homem e Capitão América. Tinha mais de 2,10 metros de altura, e pesava uns 120 quilos. Trazia uma inscrição RO gravada no peito de seu traje azul. O cinto em torno de sua cintura era feito de uma liga especial maleável e parecia ter uma máquina multifuncional embutida nele. Tinha cinco dedos em cada mão, dotados de garras retráteis que podiam ser ajustadas à vontade, ficando compridas ou curtas. Yaidron usava na cabeça um capacete similar ao do Capitão América, mas com dois chifres de ouro de 10 centímetros. Provavelmente serviam como armas e como dispositivos de comunicação.

Era extremamente raro um general da patente de Yaidron conduzir um interrogatório, mas como Ahriman tinha poderes psíquicos e conseguia controlar a mente de outras pessoas, foi preciso recorrer a alguém com poder suficiente para suprimir o poder de Ahriman – caso contrário, esse poder seria um perigo.

Havia três robôs-seguranças na sala de 50 metros quadrados, e não foi permitida dentro dela a presença de nenhum ser humano ou seres do espaço dotados de mente, pois poderiam ser manipulados por Ahriman.

El Cantare, Agnes e a esposa de Yaidron no espaço, Namiel, acompanhavam o interrogatório por um monitor. A senhora Namiel era uma diva cósmica com um relâmpago elétrico; inspirara canções como *O Verdadeiro Exorcista*.

— Muito bem, então você é Ahriman, o arqui-inimigo dos tempos da descida de Zoroastro à Terra. Confirma isso? — Yaidron perguntou.

— Sim. E também sou o deus das trevas — respondeu Ahriman.

— E me diga que tipo de trabalho você tem feito recentemente?

— Ofereci a Jesus Cristo a última tentação, quando ele estava na cruz.

— Explique isso melhor.

— Eu disse a ele: "Deus o abandonou. Amaldiçoe Deus. Diga às pessoas que você não é o único filho de Deus, implore por sua vida e case-se com Maria Madalena para constituir uma família feliz.

— O que mais você fez?

— Eliminei os gnósticos do misticismo cristão; consegui acabar com eles colocando-os como hereges.

Manipulei a Igreja Cristã. E também o maniqueísmo, com sua dualidade de bem e mal, que se assemelhava ao zoroastrismo – mobilizei zoroastristas e cristãos e sentenciei Mani à morte, esfolando-o vivo.

– Então foi assim que o maniqueísmo chegou ao fim, hein? E o que mais?

– Encorajei Maomé, do islamismo, a praticar a poligamia e a iconoclastia. Foi assim que causei grande abalo tanto no cristianismo quanto no budismo.

– O que mais você fez depois disso?

– No Japão, liderei o assassinato da família inteira do príncipe Shotoku. A coisa seguinte que fiz não realizei sozinho. Foi durante a dinastia Tang, da China, quando incentivei o imperador Xuanzong a questionar sua fé budista. Também transformei o confucionismo numa ideologia revolucionária.

– E quanto às revoluções na Europa?

– Durante a Revolução Francesa, levei o rei e muitos outros à guilhotina, um após o outro. E transformei a revolução num levante armado comunista.

– E quanto à Inglaterra?
– Criei a Igreja Anglicana para que os poderes terrenos superassem a autoridade do papa.
– E na América?
– Guiei os assassinatos de Lincoln e Kennedy. Bem antes disso, em Roma, assassinei César.
– E quanto à União Soviética e à Rússia?
– Entrei na mente da esposa de Tolstói e a fiz enlouquecer. Fiz com que ela disparasse uma arma de fogo para obrigar Tolstói a fugir de casa e morrer na solidão em um edifício da estação de trem local. Havia um movimento social que surgira com base em suas visões filosóficas e religiosas, e eu impedi também que se transformasse em religião.
– Tolstói retratou Napoleão como um "anticristo" em seu livro *Guerra e Paz*. Você lhe disse algo?
– Veja bem, não gosto do tipo de sociedade que Napoleão defendia – liberdade e igualdade, diligência, trabalho árduo e inteligência. É mais fácil para nós que as pessoas se submetam ao sistema

imperial. Odeio uma sociedade baseada em trabalho duro e competência. Também entrei na mente de Lênin, Stálin e Khrushchov, mas não consegui entrar na de Gorbachev. Putin deu início à Guerra Russo-Ucraniana. Se ele tivesse desistido de sua fé, tenho certeza de que eu conseguiria entrar em sua mente também.

– E quanto à Alemanha?

– Eu me meti com Marx, mas não com Hitler. Na realidade, Hitler foi guiado principalmente por um antigo deus celta – atualmente, um demônio –, que foi destruído pelo cristianismo. Veja, fui o responsável por salvar o planeta Terra ao forçar Stálin e Franklin Roosevelt a participar da guerra.

– Você tem algo a ver com Mao Tsé-tung?

– Sou muito ocupado, por isso deixei-o nas mãos de um colega meu, o primeiro imperador Qin, mas dei conselhos a ele.

– E quanto ao Japão durante e depois da Segunda Guerra Mundial?

– O Japão formou-se a partir dos *tengus* e de sua queda. O monismo da luz do xintoísmo japonês é diferente do deus da luz Ahura Mazda. Mas fui capaz de entrar na cabeça de F. Roosevelt por causa do ataque do Japão a Pearl Harbor. Quem entrou em Bush, o pai, durante a Guerra do Golfo, e em seu filho, durante a Guerra do Iraque, foi um deus maligno relacionado ao Enlil. Ele é o invasor do planeta Zeta, e é seu inimigo.

– Algo mais a acrescentar?

– Gosto da grande mídia, que continua a dizer: "Não existe guerra justa". Belzebu é o principal ser encarregado da mídia. Ele elimina a diferença entre bem e mal, e com isso torna impossível aos humanos a distinção entre Deus e o demônio.

E assim ficou bem claro o que Ahriman havia feito. Mas, com certeza, deve ter tido companheiros...

7.

Segundo Ahriman, o comandante em chefe Kandahar fugira para algum lugar do Universo obscuro pegando uma rota diferente quando Ahriman apareceu em sua nave de combate. Infelizmente, Yaidron e os outros não haviam sido capazes de capturar um dos líderes do inimigo.

Agnes conversou com Namiel, a esposa do general Yaidron, numa pequena cafeteria dentro da base. Namiel tinha 1,70 metro de altura e era muito parecida com Namie Amuro, uma cantora japonesa de Okinawa que se aposentou aos 40 anos. Namiel revelou ser a alma irmã cósmica da cantora. Ao que parece, enviava do Universo raios de luz eletrizantes para os fãs de Namie Amuro, apelidados de "amuretes", durante os vários concertos que a cantora realizou em grandes estádios. Pensando bem, Namie usava dois coques no cabelo parecidos com chifres; Namiel, igualmente, tinha dois chifres arredondados, sem pontas afiadas. Namiel contou a Agnes que tinha a capacidade de emitir raios de luz eletrizantes para animar grandes multidões. Além disso, Namiel tinha outras funções, como dar início a novas tendências de moda na Terra. Ela obtinha novas ideias observando a moda cósmica, que os terráqueos ainda não conheciam.

Agnes tomava seu café com leite, enquanto Namiel tomava um café de Okinawa.

– Qual sua impressão sobre Ahriman? – Agnes perguntou a Namiel.

– Ele é um cara realmente do mal. Fez coisas dez vezes piores que as que alegou ter feito, tenho certeza disso – Namiel respondeu.

– Fico imaginando se realmente existe algo como um "deus das trevas".

– Aposto que ele vinha interferindo no plano de Deus na Terra por inveja. Deve ter sido derrotado também em outros planetas.

– De qualquer forma, por que seu marido, Yaidron, é tão forte?

– Você pode achar que estou me gabando, mas El Cantare é invencível enquanto Yaidron estiver por perto.

Yaidron é forte porque sabe que existe o mal no Universo que precisa ser destruído, e porque sabe também que esse mal tem uma influência negativa sobre a Terra. No entanto, os terráqueos, apesar de toda essa conversa deles sobre paz e mais paz, não parecem entender o que significa "justiça".

– Isso significa que eles não têm sabedoria, certo?

– Tanto para os terráqueos como para os extraterrestres, o espaço tridimensional se resume a uma batalha contra as tentações. A realidade é que você não consegue ser um anjo ou um deus de uma dimensão mais elevada se não tiver uma escada chamada "fé". O que quero dizer é que os terráqueos não sabem que fica muito difícil viajar no espaço se você não conseguir integrar fé e ciência.

– Você está se referindo a um túnel de teletransporte interdimensional, não é?

– Existem túneis de teletransporte que ligam pontos distantes no espaço, e túneis de teletransporte que ligam pontos distantes no tempo. Ao que parece, desta vez, a Sétima Civilização na Terra não conseguiu alcançar esse ponto.

– Como assim?

– O que quero dizer é que, se você alcança a real sabedoria do Universo, você consegue transcender o tempo e viajar entre diferentes galáxias. É capaz também de viajar livremente para civilizações passadas ou civilizações futuras.

– Isso é incrível! Imagino que o Pai não conseguiu pregar isso na Terra dessa vez.

– Quando você se apega demais ao *status*, à fama, à sua condição financeira, ao poder, à comida e ao sexo, entre outras coisas mundanas, não consegue transcender a barreira do tempo, do espaço ou das civilizações.

– Você fez um treinamento em algum lugar para dominar isso?

– Por enquanto, isso é segredo. Mas você mesma deverá aprender com o Senhor Deus El Cantare. Afinal, não é esse o propósito dessa sua viagem espacial?

– Ah, sim, é isso mesmo! Havia esquecido que o Pai me convidou para jantar.

Agnes despediu-se de Namiel e ficou observando-a ir embora, com admiração.

"Uma grande missão e uma grande iluminação são coisas conectadas. Tenho muito a aprender ainda", pensou Agnes.

Ela apressou-se para não chegar atrasada a um restaurante chamado Beautiful Garden. El Cantare estava esperando por ela com um sorriso no rosto.

– Minha filha, fez algum progresso em seus estudos? – o Senhor perguntou.

– Sim, mas um progresso pequeno – Agnes respondeu.

– Namiel também controla os relâmpagos, portanto é o braço direito de Yaidron.

— Então é verdade que aqueles com real poder conseguem atrair real popularidade.

— Em breve, vou proporcionar-lhe a iluminação que lhe permitirá passar por uma dobra espacial.

— Preciso visualizar um mapa cósmico na minha mente?

— Minha filha, por acaso você está vendo alguma cabine, combustível ou motor na *Andromeda Galaxy*?

— Pensando bem, ela não se parece mesmo com um foguete convencional.

— Na realidade, não tem nenhuma maquinaria, seja do tipo que for. Cada coisa é materializada a partir de energia espiritual. Por isso a nave não tem volante, acelerador ou freios. Nem petróleo, carvão ou gás natural. Não há sequer um motor.

O Senhor prosseguiu.

— Em termos simples, a nave de combate foi feita pela manifestação de nossos pensamentos. Assim, como você pode ver, viajar pelo espaço não envolve naves de aço e máquinas se locomovendo. Tudo aquilo que você acredita existir como objeto pode ser dividido em moléculas, átomos, fótons e espíritons, e eles viajam instantaneamente para o destino que você traçar em sua mente. Ao chegar, o objeto é restaurado à sua forma original.

Nesse momento, um robô-garçonete veio até eles e serviu um prato que parecia um filé.

Agnes deu uma risadinha.

– Quer dizer, então, que esse filé também poderia virar fumaça – comentou ela.

– Quando você assiste à tevê, por exemplo, tem a impressão de que os personagens realmente existem, certo? Com a comida é a mesma coisa.

– Entendo. Como se costuma dizer: "Matéria é vazio – vazio é matéria". Seria o caso, então, de compreender o Sutra do Coração do budismo no contexto do Universo, não é? Coisas que não existem parecem existir, e a existência na realidade é uma ilusão. Portanto, se eu conseguir alcançar esse nível de iluminação, serei capaz de me teletransportar para vários planetas.

— Ainda é um pouco cedo, mas amanhã partiremos para a galáxia de Andrômeda. Confie em mim e siga-me.

8.

"Fico imaginando como deve ser a galáxia de Andrômeda", pensou Agnes. Estava tão excitada que nem conseguiu dormir direito. Por fim, o dia acabou raiando e a manhã chegou. Bem, ela não tinha ideia de que dia do ano era ou em que semana estava. O que pensou é que uma batalha de um dia poderia ter sido bem mais longa do que isso.

De qualquer modo, era a última manhã de Agnes em Marte. Yaidron e sua esposa vieram despedir-se dela.

Yaidron não podia acompanhá-la até a galáxia de Andrômeda porque ainda precisava patrulhar o Sistema Solar.

– Senhorita Agnes – disse Yaidron. – No Sistema Solar, os humanos antigamente viviam em Vênus, mas uma explosão vulcânica e o subsequente gás de ácido sulfúrico de alta temperatura acrescentaram grande pressão ao planeta, tornando-o inabitável. Mas o mundo espiritual venusiano e a estação espacial ainda estão ali. Um dos satélites de Júpiter, Europa, é habitado por alguns povos espaciais que parecem leões-marinhos andando eretos, e é um mundo de gelo e água. M31, que fica na galáxia de Andrômeda, está a 2,3 milhões de anos-luz de distância, mas é uma das nossas sedes. Estou certo de que você aprenderá muita coisa ali.

– Você disse 2,3 milhões de anos-luz? A que distância fica isso? – Agnes quis saber.

– Significa que você chegará lá depois de voar 2,3 milhões de anos à velocidade da luz – Namiel interveio. – Em outras palavras, quando chegar lá você será uma vovozinha toda enrugada, com 2,3 milhões de anos de idade.

– De jeito nenhum! Eu não quero isso! – disse Agnes.

– Einstein disse que não havia velocidade acima da luz, mas você não consegue viajar para diferentes

Universos sem ultrapassar a velocidade da luz. Pergunte ao Deus Pai – disse Namiel.

Então, Agnes embarcou na *Andromeda Galaxy*, enquanto várias pessoas se despediam dela.

"Se a viagem vai levar 2,3 milhões de anos à velocidade da luz, então estamos indo para o futuro? Ou será que vamos para o passado? Fico pensando se da próxima vez que voltar à Terra não vou encontrá-la na sua era primitiva. Ou quem sabe eu chegue no final da Oitava Civilização!

Enquanto Agnes murmurava, o Senhor falou: – Simplesmente acredite. O Grande Universo foi criado por Deus. O Universo é o jardim de Deus.

– Bem, agora vamos partir – disse o Senhor.

– E, então, quem é esse capitão, o Commander Z? – Agnes perguntou.

– Ele é a forma cósmica do deus Hermes. Logo você descobrirá o que as sandálias de Hermes significam de fato.

Vruuuum. Era hora de partir.

O espaço começou a ficar distorcido. Para Agnes, a nave era como uma baleia passando por um túnel espelhado que se estendia infinitamente. Sentiu como se a altura dela estivesse ora aumentando, ora encolhendo muito. De repente, seu corpo foi dividido em incontáveis moléculas, que depois se fragmentaram em átomos, prótons, fótons e espíritos. "Essa deve ser a tal dobra espacial", Agnes pensou. Não conseguia mais enxergar seu corpo, mas ainda existia como ser pensante. Ouviu palavras vindas de algum lugar: "No início, eram pensamentos. E os pensamentos criavam matéria". "Devem ser as palavras do Senhor", pensou.

Agnes ouviu um *pfuiiiiiim*, e sentiu que a nave desacelerava. Era como se eles estivessem saindo das profundezas do oceano para a superfície. O túnel espelhado se transformava como se estivesse dançando.

Em seguida, uma série de civilizações em diferentes estrelas apareceram uma após a outra em pergaminhos com imagens. A nave *Andromeda Galaxy* perdeu sua forma de baleia e voltou à forma original. Então, Agnes sentiu como se estivesse avançando em disparada num trem Maglev de altíssima velocidade.

A nave desacelerou ainda mais, e a sensação era de uma viagem espacial normal. Diante de seus olhos havia um monitor mostrando um planeta azul que parecia um pouco diferente do planeta Terra.

– Agnes, estamos quase chegando. Como foi viajar 2,3 milhões de anos-luz? – o Senhor perguntou a Agnes.

– Foi como se tivessem passado apenas 10 ou 20 minutos. Será que virei uma senhorinha de cabelos brancos?

– De jeito nenhum. Você ainda é você.

A nave entrou na atmosfera e lentamente sobrevoou um oceano. Por fim, pousou num terreno com muita vegetação.

Quando Agnes saiu da nave, animais e aves vieram recebê-la. Eram parecidos com os da Terra, mas falavam línguas.

O capitão Commander Z, em seu traje preto, havia se transformado na figura do deus Hermes.

Um caminho pavimentado com belas joias apareceu diante dos olhos deles.

O caminho se movia automaticamente, e eles chegaram a um edifício de estilo ocidental que se parecia com a Casa Branca.

– Esta era a casa de Ame-no-Mioya-Gami antes de ir para o Japão há 30 mil anos – disse o Senhor.

– Bem, parece um prédio americano – disse Agnes.

– Atrás dele há um jardim em estilo japonês e uma magnífica construção japonesa, como o Templo Kinkakuji. O edifício que você tem à sua frente não é a Casa Branca, mas uma variação do Lincoln Memorial.

Do lado esquerdo do memorial havia uma estátua de Buda que também parecia a estátua de Kongo Rikishi (o rei Deva); do lado direito ficava uma estátua do presidente americano Abraham Lincoln.

Eles passaram pelas duas estátuas e caminharam até a parte de trás. Agnes admirou um cenário que certamente lembrava o Templo Kinkakuji e seu jardim em Quioto.

O lago do jardim era bem parecido com um lago de Quioto, com *nishikigoi* (carpas coloridas) nadando, mas o que parecia ser o Templo Kinkakuji revelou ser algo mais próximo de um prático hotel de estilo japonês. Era maior que o Templo Kinkakuji real do Japão.

Agnes de repente viu-se vestida num *furisode* (um quimono de manga comprida para mulheres jovens), e o Senhor trajava um majestoso quimono.

Uma bela mulher usando um vestido cor de lavanda saiu da casa.

Antes que percebesse, Agnes ouviu a própria voz chamando: – Mãe!

– Minha querida Panguru – disse o Senhor. – Voltei. E trouxe Agnes comigo. Ou eu deveria chamá-la de "Suzu"?

— Ah, Agnes está ótimo — Panguru disse, assim que se virou para Agnes. — Você cresceu bastante. E estamos as duas quase da mesma altura. Esta é a sua casa. Fique à vontade.

Grossas lágrimas escorriam dos olhos de Agnes.

Aqui, na galáxia de Andrômeda, uma outra Terra existia a 2,3 milhões de anos-luz de distância.

9.

A galáxia de Andrômeda é muito maior que a Via Láctea, onde fica a Terra. Os humanos na Terra observam a galáxia de Andrômeda e veem que ela está se aproximando da nossa galáxia, que contém o Sistema Solar; eles especulam que as duas galáxias irão colidir dentro de 3 bilhões de anos e terão uma fusão completa em 5 bilhões de anos.

A verdade é que a Via Láctea está sendo atraída para a galáxia de Andrômeda, que é bem maior.

M31, que fica na galáxia de Andrômeda, não é o nome de uma estrela. Na realidade, é uma minigaláxia que existe dentro de Andrômeda.

Os planetas do Sistema Solar, inclusive a nossa Terra, estão se aproximando da M31 a uma velocidade de 300 quilômetros por segundo.

Agora, essa outra Terra que fica na galáxia M31, onde Agnes e os outros pousaram, era conhecida como "Mother". O nome indicava que se tratava de um planeta-mãe que deu origem a várias formas de vida. O planeta tinha cerca de 1,2 vez o tamanho da Terra, mas sua água, temperatura e atmosfera não eram muito diferentes das da Terra. A gravidade era quase idêntica. A pequena diferença era que plantas e organismos do planeta Mother cresciam a um ritmo um pouco mais rápido. Muitos grãos daqui foram introduzidos na Terra e se adaptaram ali há muito tempo. Do mesmo modo, muitos dos animais deste planeta eram, digamos, protótipos dos animas da Terra. E, assim como na Terra, aqui havia o polo norte, o polo sul e a linha do equador. Cada continente tinha um clima próprio, e algumas regiões tinham quatro estações distintas.

A população total atual era de cerca de 2 bilhões, e o planeta estava dividido em três países. Algumas pessoas migravam para civilizações passadas da Terra de tempos em tempos, e muitas haviam migrado para planetas em outros sistemas solares de outras galáxias, que haviam evoluído e alcançado nível suficiente.

O planeta Mother era também um dos cinco grandes planetas que vinham influenciando a civilização da Terra no nosso Sistema Solar.

Há cerca de 150 milhões de anos, o Senhor Deus desceu ao planeta Terra sob o nome de Elohim para criar uma nova versão terrestre da civilização El Cantare e restabelecer os padrões do bem e do mal. Desde então, espíritos ramos de El Cantare e outros espíritos da nona dimensão, que têm atuado como messias em vários planetas, mudaram-se para a Terra. Esses registros foram mantidos cuidadosamente no planeta Mother.

O pavilhão japonês com o formato do Templo Kinkakuji, onde Agnes e os outros estavam, ficava em uma colina ligeiramente alta. Dali de cima ela podia ver um oceano próximo que parecia a baía de Tóquio. A capital era chamada de Angel City, e abrigava cerca de 2 milhões de seres humanoides do espaço. A maior parte dos trabalhos administrativos e braçais era feita por robôs. Esses robôs tinham emoções semelhantes às humanas, e havia casais e crianças. Depois que ganhavam certo nível de experiência, esses robôs tinham permissão para nascer como seres humanoides do espaço em outros planetas. Havia cerca de 3 milhões de robôs.

O país em que El Cantare, Panguru e Agnes estavam era chamado Yamato.

Os outros dois países eram o Eagypt e a Summerland. O Eagypt estava intimamente associado à constelação de Órion, e a Summerland tinha íntima associação com a constelação de Lira. Claro que Yamato, localizado no planeta Mother, tinha fortes laços com o Japão, a Ásia e, em tempos antigos, com a civilização de Mu, na Terra.

Quando a espaçonave *Andromeda Galaxy* desceu no Japão há cerca de 30 mil anos, eles aparentemente pousaram como gigantes, muito maiores do que são hoje. Na realidade, o corpo deles tinha a capacidade de se estender. Os corpos físicos que eles incorporaram foram os mesmos que usaram durante uma época com muitos dinossauros, então as pessoas do Japão da Antiguidade imediatamente se devotaram a eles. No entanto, para esses seres de Andrômeda, no início foi difícil a adaptação à comida da Terra, às vestimentas e aos abrigos.

Em sua casa, mãe Panguru mostrou a Agnes um álbum de fotos que continha detalhes daquele tempo.

– Aposto que o Pai deve ter se preparado para sua descida, imaginando que talvez o King Kong vivesse no Japão – disse Agnes.

– Não havia nenhum King Kong, mas parecia haver mamutes e dragões, vindos do continente. E foi por isso que de início precisaram demonstrar sua força – disse Panguru.

– Esses mamutes deviam ser maiores que elefantes, imagino.

– Eu diria que sim. E algumas pessoas morreram enfrentando mamutes.

– Quando você fala em dragões quer dizer lagartos gigantes, não é?

– Eram descendentes dos dinossauros de tempos antigos, mas alguns deles podiam voar pelos céus, enquanto outros eram como serpentes grossas com pernas. O número desses animais foi declinando aos poucos ao longo de seus confrontos com os humanos. Eles ainda vivem no mundo espiritual, mas agora, quando nascem na Terra, devem estar residindo em corpos de humanos.

– Mãe, você tinha a capacidade de mudar de forma, não é?

– Posso me transformar em algo parecido com um ancestral do panda, mas não é muito adequado para se movimentar. Por isso, também posso assumir a forma de um leopardo. Um tanto *sexy*, sabe? Posso correr a uma velocidade de cerca de 120 quilômetros por hora, como uma chita.

– Eu soube que o Pai pode se transformar em algo parecido com um lutador de sumô enorme, mas será que Ele tem outras formas?

– Seu Pai consegue transformar-se num enorme

elefante branco ou num dragão voador gigante, coberto de ouro puro.

– Sabe, quando vim para este planeta transportada por uma dobra espacial, senti meu corpo se fragmentar em moléculas, átomos, fótons e espíritons. Aposto que o corpo físico tridimensional pode se transformar em qualquer coisa se o poder da nossa mente ficar mais forte, se nosso nível de iluminação aumentar e se nossa força de vontade alcançar o poder de criação. Preciso praticar isso um pouco.

– Ah, bobagem. Você é capaz de transformar-se em Serafim. Nessa hora, vão surgir quatro asas em você, e quando girar, vai virar um redemoinho de chamas. Você é um dos quatro Serafins que têm protegido o Senhor Deus dessa maneira. Esqueceu isso?

– Ah, então essa é a forma que preciso assumir para poder atravessar o muro de chamas da nona dimensão e ir cumprimentar o Senhor Deus!

Havia diversas coisas que Agnes desejava aprender mais e mais.

10.

No dia seguinte, Agnes decidiu fazer um passeio pelo planeta Mother num pequeno "óvni familiar". Era um óvni com 5 metros de diâmetro, e Agnes estava acompanhada por um robô-motorista e uma robô-guia.

O pequeno óvni fez uma decolagem tranquila da garagem do quintal dos fundos. Havia uma marca RO gravada na parte de baixo do óvni, o que mostrava imediatamente que quem estivesse a bordo tinha alguma relação com o mais alto Mestre do planeta. O óvni provavelmente dispunha de guardas de segurança em modo invisível.

Dentro da área da baía de Angel City havia um monumento gigantesco – um portal *torii* modificado, no formato da letra "A". Parecia ser o lugar para passar de uma dimensão a outra, usando uma dobra espacial interdimensional.

Para surpresa de Agnes, o país de Yamato, visto do céu, tinha o formato da grande ilha Shikoku com uma cruz em cima. Ou talvez fosse parecido com o continente australiano, com um cais em forma de cruz anexado. De qualquer modo, era semelhante à marca oculta que ela tinha no peito. E isso a fez lembrar a marca em forma da ilha de Shikoku no seu alvo peito, que se transformara numa ferida em forma de cruz depois que ela recebera uma missão de Jesus Cristo. Era o símbolo de Yamato – seu país natal no planeta Mother, que era como uma outra Terra, localizada ainda no Sistema Solar, em M31, na galáxia de Andrômeda, 2,3 milhões de anos-luz distante da Terra.

Cada pilar que se erguia abaixo de seus olhos agia como uma placa de sinalização para algum navio que chegasse do mar ou algum objeto voador partindo ou chegando de algum país.

Visto do céu, aquele lugar parecia ser formado por 70% de áreas verdes montanhosas e 30% de planícies abertas, semelhantes ao Japão.

O céu azul tinha um grande sol, junto com outro sol amarelo e um pouco menor. Esse sol menor girava em volta do maior. Os dois sóis iluminavam o planeta, criando a manhã, a tarde e a noite.

O dia durava cerca de 29 horas, e a extensão do dia e da noite variava conforme a estação.

Em geral, as plantas cresciam mais rápido do que na Terra, por causa das horas mais longas de luz solar. Para o arroz e o trigo, a norma parecia ser plantá-los duas ou três vezes por ano, ou realizar duas, três colheitas por ano. O país de Yamato no planeta Mother tinha água em abundância, e havia lagos e rios em várias localidades.

As carpas crucianas dos seus rios e lagos cresciam até 1 metro de comprimento, e as carpas normais chegavam a quase 3 metros. Uma criança que não tomasse cuidado poderia ser engolida por elas.

Enquanto sobrevoava o oceano, Agnes viu cachalotes e baleias-azuis saltando na superfície e esguichando água do mar. À primeira vista pareciam golfinhos, mas eram bem maiores. Agnes viu uma lula gigante de 15 metros enrolada em volta de uma cachalote de uns 20 metros de comprimento, brigando entre si. Presas desse tamanho dariam um bom prato de acompanhamento para humanos parecidos com lutadores de sumô de 25 metros de altura, como os que viveram na época de Ame-no-Mioya-Gami. Agnes riu com esse pensamento.

Ela voou um pouco mais e viu o Eagypt. Era um continente em forma trapezoidal. A cobertura de vegetação estendia-se por cerca da metade da área daquele país, e havia animais muito grandes ao lado de outros como cervos, carneiros, cavalos e vacas, que poderiam virar alimento. Como num parque safári, todos vagavam por ali em liberdade.

O Eagypt tinha vários altares em forma de pirâmide, parecidos com as pirâmides de diversas regiões do planeta Terra. A altura dessas pirâmides variava, algumas tinham dezenas de metros, mas havia também pirâmides altíssimas, de até 200 metros de altura. Aqui continuavam a ser praticadas religiões como as que predominam na Terra e empregam altares – ou pelo menos assim parecia ser.

Ao redor das pirâmides partiam ruas radiais, como em Paris. Via-se um arco parecido com o Arco do Triunfo, portanto ali talvez existissem também heróis como Napoleão.

"Nem todas as grandes figuras deviam ter agido com discrição, como meu Deus Pai" – Agnes pensou. Ela imaginou que também ali poderiam existir aristocratas extravagantes. Sem que lhe tivessem perguntado nada, a robô-guia respondeu: – Exatamente.

Mais ao sul, cruzando o mar, avistou-se um país chamado Summerland. Talvez a Rússia tivesse esse aspecto sob um clima temperado.

Olhando do céu, parecia haver uma clara divisão entre as áreas industriais e as agrícolas.

Algumas áreas pareciam ser instalações militares. Agnes soube que, como o planeta Mother às vezes era invadido pelo espaço sideral, dependendo da época, eles realizavam exercícios militares. A robô-guia explicou que havia combatentes poderosos no planeta Zeta das Nuvens de Magalhães e em Beta Centauri, entre outros, e em várias ocasiões tinham sido travadas guerras espaciais. Explicou ainda que, como resultado dessas guerras espaciais, as pessoas haviam fugido para outros planetas e até se retirado para a Terra, onde El Cantare as recebera como terráqueas em várias oportunidades. Assim, nas últimas centenas de milhões de anos, parece que El Cantare tinha estabelecido o planeta Terra como uma base vital.

Agnes voltou para casa ao entardecer.

Muitas pessoas que haviam ajudado Agnes no passado estavam reunidas ali dentro – talvez fosse uma festa de boas-vindas.

Hoje, Panguru, a mãe de Agnes, vestia um quimono luxuoso, estampado com imagens do monte Fuji, de um grou e do nascer do sol no dia de Ano-Novo.

Estavam ali reunidos também parentes que pareciam ter diversas procedências étnicas. O tema da conversa se concentrou principalmente no fim da Sétima Civilização e na construção da Oitava Civilização na Terra.

Alguns comentavam: – Não poderia ter sido feito algo? – Outros perguntavam: – Quais serão os principais ensinamentos da Oitava Civilização?

Uma pessoa idosa interveio e disse: – Há uma maneira de voltar no tempo e reiniciar a última guerra. Leve alguns arcanjos de luz com você deste país.

Deus Pai falou:

– Vou fazer Agnes aprender um pouco mais a respeito do Universo. E, então, vamos recomeçar.

11.

Passaram-se alguns dias. Agnes ouvira dizer que o planeta também tinha fontes termais, então estava ansiosa para visitar alguma. Por volta das 8 horas da manhã, porém, recebeu uma chamada de vídeo em sua sala. Para sua surpresa, era o senhor R. A. Goal. R. A. Goal havia sido o capitão da nave de combate *Enlightenment 1* durante a guerra em Marte.

– Obrigada por esperar – disse Agnes a R. A. Goal.

– Tudo bem. Desculpe por ligar sem avisar.

– O senhor foi de grande ajuda em Marte.

– Sabe, o Senhor El Cantare disse que gostaria que você aprendesse um pouco mais sobre o Universo. Por que não vem para cá?

– Oh! Não será incômodo?

– Você é muito bem-vinda. Mas só para você saber, a comida é melhor aí onde você está agora. Não quero desapontá-la.

– Não me importo muito com a comida.

– Hehehe. Então, vou buscá-la com o meu disco voador por volta das 9 horas. Por favor, me espere no espaço aberto junto à sua casa.

Enquanto Agnes se aprontava com a ajuda de Panguru, a nave de combate de R. A. Goal – ou melhor, não era uma simples nave, mas um grande disco voador de 200 metros de diâmetro – apareceu a 100 metros de onde estavam.

– Mãe, esse veículo não é grande demais? – Agnes perguntou.

– O destino é o planeta Andaluzia Beta, na Ursa Menor, perto da estrela do Norte. Uma nave grande é mais adequada para viajar na dobra espacial – disse Panguru.

– Estrela do Norte? Aquela estrela que fica sempre na direção norte quando olhamos para o céu lá da Terra?

– Vai me dizer que nunca ouviu falar do Big Dipper. Na China, dizem que é dali que veio Tiandi (o Imperador do Céu). Seu Pai também já esteve lá antes, para guiar as pessoas.

– Bem, então estou indo para o treinamento – disse Agnes, e saiu.

Uma escada surgiu daquele imenso disco voador, e R. A. Goal em pessoa desceu para cumprimentar Agnes.

– Princesa, por favor, tenha cuidado por onde pisa.

– Por favor, não me chame de princesa. Sou apenas uma garota de vinte e poucos anos de idade sem muita noção das coisas.

O interior da nave era menor que o da *Andromeda Galaxy*, mas parecia confortável na área próxima à torre de controle.

– Tem certeza de que não há problema em usar sua nave de combate para vir me buscar? – Agnes perguntou a R. A. Goal.

– Esta nave é a mais rápida, e pode encarar uma batalha se por acaso encontrarmos alguma força perigosa – respondeu R. A. Goal.

– Muito obrigada, então. Quanto tempo levaremos para chegar ao seu planeta?

– Não será uma operação convencional. Vamos entrar numa dobra espacial, então deve levar uns 15 minutos. Bem, vamos decolar.

Vruuuuum. Com isso, a nave subiu flutuando, passou pelo portal *torii* em formato de "A" na baía e partiu para além da atmosfera.

O céu estrelado diante dos olhos dela começou a cintilar, até eles começarem a passar por uma série de espelhos pelo portal *torii*. Tudo dentro do óvni ficou nebuloso e se dissolveu no ar. Agnes sentiu que ela também se transformava numa espécie de areia dourada e perdia sua forma humana.

Andaluzia Beta, na Ursa Menor, Andaluzia Beta, na Ursa Menor.

Enquanto Agnes repetia isso várias vezes como um mantra na sua mente, a nave acelerou por uns dez minutos e começou a desacelerar por mais cinco. De novo, Agnes viu algo parecido com um caminho feito de espelhos. Ao olhar mais atentamente, percebeu que havia várias estrelas do lado de fora da nave e uma galáxia à distância.

A nave entrou no modo de operação normal e se dirigiu à atmosfera do planeta. Não havia risco de se incendiar como uma cápsula de foguete na Terra. Isso porque estava em um estado de existência de uma dimensão mais elevada até poder voar livremente pela atmosfera.

Agnes logo compreendeu que Andaluzia Beta era um planeta principalmente montanhoso. Ao contrário do planeta Mother, ele era constituído por 30% de mar e 70% de terra, mas as áreas terrestres eram excessivamente montanhosas.

Ao olhar para baixo do céu, Agnes sentiu que viver ali não deveria ser nada fácil.

Pouco depois, surgiu uma planície no meio das montanhas. Ali a nave espacial pousou. Era uma planície gramada. Agnes desceu da nave e viu uma manada de animais parecidos com cabras e iaques.

Aparentemente, esses eram animais que podiam viver em áreas montanhosas de grandes altitudes. Havia também vários búfalos asiáticos num pântano próximo.

– O ambiente aqui é semelhante ao do Himalaia, do Nepal e do Tibete. O oxigênio é um pouco rarefeito, então é bom você mascar isso até se acostumar – disse R. A. Goal, e passou a Agnes um pedaço de algo que parecia um chiclete.

O chiclete tinha um sabor fresco e refrescante. Quando ela começou a mascá-lo, era como se fosse gerado oxigênio dentro de sua boca.

O traje espacial de R. A. Goal havia se transformado em uma capa vermelho-escura que envolvia seu corpo. Era uma capa da mesma cor que a dos monges que escalam o Himalaia, e o cabelo dele estava preso num coque. Seus traços faciais começaram a ficar bem parecidos com os do Buda Shakyamuni.

A encosta da montanha se abriu e a nave de combate foi estacionada ali dentro.

– Você deve estar começando a entender. Este é o que chamamos de "planeta de treinamento" – explicou R. A. Goal. – Seus principais membros são aqueles que vieram de várias galáxias e estão aqui para se tornarem messias, junto com outros monges ascetas que lhes dão apoio e robôs que lidam com os animais nessas montanhas. A população não é maior do que a de uma aldeia ou pequena cidade. As condições de vida neste planeta são tão árduas que a maioria das pessoas não aguenta ficar aqui nem dois anos. Eu sou tecnicamente o Grão-Mestre agora, mas o próprio El Cantare costumava ensinar aqui. Esta estrela é onde aprendemos a controlar nossos desejos materiais e elevar nossa compreensão espiritual. É por isso que às vezes jejuamos por cerca de uma semana. Comemos principalmente sementes de girassol, grãos de painço e milhete e feijões, e às vezes nos aquecemos com leite de cabra e manteiga feita desse leite. Queijo de leite de cabra também faz parte da nossa comida básica.

Aqui não há nada que valha a pena roubar, mas temos uma barreira de proteção no céu que é difícil de atravessar. Bem, Agnes, vamos ver quantos dias você consegue resistir aqui antes de querer fugir.

"Parece que vim parar num lugar bem difícil", pensou Agnes consigo.

12.

Andaluzia Beta, na Ursa Menor. Agnes pensou consigo: "Não sabia que nesta romântica constelação que abriga o Big Dipper existia algo como um 'planeta de treinamento' – onde a pessoa treina para se tornar um messias. Já que o Pai foi um Grão-Mestre aqui, deve haver aqui uma chave que me permita crescer e passar de arcanjo para salvador ao viver neste planeta. Mas o que seria?"

Eles estavam numa sala que parecia uma caverna modificada. No meio dela havia uma fornalha para aquecê-los e cozinhar suas refeições. O piso era coberto de palha, que podia servir como tapete ou sofá.

– Venha cá, R. A. One – o senhor R. A. Goal chamou, e do quarto ao lado, que não tinha porta, veio um garoto de uns 10 anos de idade. Tinha um rosto encantador. Com a cabeça raspada, tinha o jeito daqueles garotos das aldeias em grandes altitudes do Tibete. Parecia ser filho do senhor Goal.

– Sabe, já fui casado. Mas num planeta de treinamento como este, as mulheres vão logo embora. A maioria aqui é de homens, e assim esse garoto cuida das coisas à minha volta – explicou R. A. Goal.

R. A. One fez, então, uma rápida reverência a Agnes e começou a preparar o almoço.

– Como hoje é seu primeiro dia aqui, vamos preparar um banquete – disse R. A. Goal a Agnes.

Havia apenas uma lâmpada sem luminária pendurada no teto, assim como nas casas japonesas da primeira metade do século XX. E no teto havia uma abertura cavada na rocha, coberta com uma portinhola de madeira; às vezes, essa porta era levantada com uma vara para deixar entrar ar e luz durante o dia.

O garoto preparava algo numa pequena cozinha num canto da sala. Pouco depois, trouxe os pratos numa travessa de madeira. Agnes viu seu almoço – uma fatia de queijo, um bolinho de gergelim e uma tigela de chá de manteiga de iaque. E só. A refeição durou apenas três minutos.

Do outro lado da cozinha havia uma "pia", ou melhor, a metade de um tubo cilíndrico de bambu voltado para cima, como uma canaleta. O menino lavou as tigelas do chá de manteiga dos três com a água corrente que fluía pelas rochas.

Agnes grunhiu. "Ah! Então era esse o banquete?" De repente, o pensamento dela voltou num *flash* para o *ramen* que havia comido em Sangenjaya, Tóquio.

"O *ramen* de *shoyu* custava 630 ienes a tigela, se não me engano. Vinha com brotos de bambu bem temperados e o ovo cozido cortado pela metade estava delicioso. Lembro que acrescentei duas ou três folhas de alga marinha temperadas e tomei a sopa com uma colher de porcelana, sorvendo o macarrão. A sopa exalava vapor. Ah, e sem falar daqueles *gyozas* deliciosos de acompanhamento!"

Do outro lado da fornalha, R. A. Goal estava sorrindo, como se tentasse reprimir o riso.

– Agnes, aqui neste planeta não usamos dinheiro – disse R. A. Goal.

– Como assim? E como vocês fazem compras? – Agnes perguntou.

– Todo mundo é autossuficiente.

"Entendo. Autossuficiência. Isso significa que vou ter que preparar eu mesma o macarrão *ramen*... Mas será que vou achar brotos de bambu temperados por aqui? Será que vou conseguir preparar a sopa? Quanto às algas marinhas temperadas, vou precisar coletar as algas no mar, secá-las ao sol e depois processá-las. Hmm, vou precisar também achar uma galinha para poder acrescentar o ovo. Quanto aos *gyozas*, vai ser impossível. Não dá para prepará-los aqui."

Todas essas coisas que passaram pela cabeça de Agnes momentaneamente foram captadas pela mente de R. A. Goal.

– Tenho certeza de que a vida na Terra era muito conveniente – disse R. A. Goal. – Mas, se você refletir um pouco sobre isso, concluirá que a vida ali também era luxuosa, certo? E é por isso que as pessoas acabam ficando obcecadas por praticidade e consumo. Então, acham que não precisam mais estudar, aprender ou decorar coisas, porque conseguem pesquisar qualquer coisa usando o celular. O dinheiro pode comprar tudo. Você pode achar que está pagando 630 ienes para o cara da loja de macarrão *ramen*, mas está enganada. Há muitas outras pessoas envolvidas, fazendo os ingredientes que ele usa para preparar o *ramen*, sem falar dos custos de distribuição. Acontece que ninguém leva a vida pensando nessas coisas. Mas neste planeta aqui você volta ao ponto de partida e é obrigada a reexaminar a ganância que existe dentro de você. É aqui que seu treinamento começa.

Agnes foi pega de surpresa. "Pensei que não fosse gananciosa, mas estou vendo que a minha gana de fato é enorme. O que as pessoas veem como um avanço é na realidade uma deterioração. Hoje em dia as pessoas não são mais capazes de fazer nada sozinhas, e no entanto, acham que estão trabalhando por simplesmente operarem um computador. A maioria não consegue nem construir um computador por conta própria. Argh, não tenho nem palavras." Ela soltou um profundo suspiro.

– Sim, você está certa – prosseguiu R. A. Goal.

– Os humanos precisam reaprender a mentalidade que eu chamo de "consciência de abastança". A vida das pessoas da era moderna se tornou tão conveniente que elas não conseguem mais sentir gratidão. Então, se esquecem de retribuir aos outros. Não dão mais valor a tudo o que receberam dos pais, dos professores e de outros membros da sociedade ou do próprio país. Acima de tudo, acabam perdendo o devido respeito por Deus e Buda. No final das contas, os desejos que aumentaram demais acabam originando uma competição excessiva, e levando a civilização a perecer. Você entende isso?

Nessa hora, R. A. One interrompeu.

– Ei, maninha, vamos colher ingredientes para o jantar.

Agnes sentia-se meio zonza, mas saiu da casa com o garoto. Ao longe, alinhavam-se várias montanhas.

Era um cenário belíssimo. O menino pegou a mão de Agnes e subiram correndo por uma trilha na montanha. Ele carregava uma cesta na outra mão.

— O que você vai querer hoje para o jantar? — o menino perguntou a Agnes.

— A gente tem alguma escolha? — Agnes perguntou.

— Bem, depende do que nós dois conseguirmos encontrar, mas vou fazer o melhor possível para você, maninha.

Aos poucos, foram vislumbrando um pequeno campo diante deles. Crescia milho roxo ali. O garoto foi até lá cantarolando, feliz da vida, e colheu seis espigas de milho.

Em seguida, arrancou um cacto que crescia entre algumas rochas e colocou-o em sua cesta. Também pegou um punhado de sementes de trigo-sarraceno.

Por fim, chegaram perto dos búfalos-asiáticos que pastavam junto a um pântano. O menino pegou um balde que guardava dependurado numa árvore próxima e ordenhou uma búfala, recolhendo o leite no balde.

– Ei, maninha, experimente fazer isso – disse o garoto. Agnes aproximou-se cautelosamente da búfala e tentou ordenhá-la. Não deu muito certo.

– Ah, acho que esse é o leite que eles usam para fazer muçarela. Aquele restaurante italiano onde eu ia às vezes era maravilhoso – Agnes disse baixinho, para si mesma.

Quando chegaram em casa, o jovem esmagou os grãos de milho, fez alguns bolinhos e depois estendeu-os como panquecas entre duas pranchas de ferro.

O cacto e o trigo-sarraceno foram usados como ingredientes para acrescentar sabor às panquecas finas, assadas. Como seria de esperar, o leite de búfala foi colocado num pote e aquecido na fornalha, como um substituto para a sopa.

13.

Anoiteceu. Recomendaram a Agnes que dormisse numa cama de madeira coberta de palha e se enrolasse num cobertor feito de pelo de cabra da montanha, que exalava um sutil aroma da mãe natureza.

De manhã, Agnes foi pegar água de um poço próximo e fez uma faxina na sala. Como café da manhã, tomou um copo de leite quente de cabra da montanha.

– Podemos começar nosso treinamento às 8 horas? – perguntou o senhor R. A. Goal.

Sentaram-se de pernas cruzadas num penhasco ali perto com uma vista esplêndida e começaram a praticar a "Meditação para libertar-se de todas as vontades e de todos os pensamentos".

O Mestre Goal disse: – Imagine que você está pesando zero grama. Visualize-se voando pelo céu em sua postura de meditação, sobrevoando o lago ali adiante e retornando. O Mestre fez uma demonstração. Flutuou meio metro acima do chão, voou até o lago que ficava a 500 metros dali, circundou o lago e voltou. Agnes não conseguiu flutuar 1 centímetro sequer acima do chão. Pensou: "Ah, deve ser porque me falta a iluminação do 'Matéria é Vazio'", mas o fato é que ela ainda não conseguia alcançar a gravidade zero usando apenas a força do pensamento.

Em seguida, o Mestre Goal disse: – Escute a voz que não pode ser ouvida.

Isso também foi difícil. Agnes concentrou todos os nervos do seu corpo na audição.

Sentiu algo como um pensamento sutil vindo do gorjeio de um pássaro. Mas isso não se traduziu em palavras.

O Mestre Goal então disse: – Daqui a pouco, uma carpa vermelha vai saltar da água. Leia a mente dela.

De fato, 30 segundos depois, uma grande carpa vermelha saltou para fora d'água.

A voz da carpa não chegou até Agnes.

– Parece que você está tendo dificuldades. Tudo bem, então. Há uma árvore de caqui a uns 10 metros de onde estamos. Use a força do seu pensamento para derrubar um de seus frutos.

"Bem, se a questão é de força do pensamento, acho que serei capaz de usar um pouco", Agnes pensou. Ela concentrou toda a força do seu pensamento num caqui bem madurinho daquela árvore. Dessa vez, o caqui não caiu, mas apareceu um buraco na fruta, como se ela tivesse sido atingida por um tiro.

O estômago de Agnes roncou.

Ela estivera com fome a manhã toda.

– Tudo bem, acho que por hoje chega. Escale a montanha e vá procurar algumas batatas-doces com meu filho.

R. A. One veio e subiu correndo pela trilha da montanha. Agnes mal conseguia acompanhá-lo.

Na subida, de repente um javali saiu de um arbusto de bambu.

– Ei! Não podemos comer carne? – Agnes perguntou a R. A. One.

– É proibido matar.

— Bom, então acho que vamos ter mesmo que achar batatas-doces. Com elas pelo menos já teremos o prato básico.

Mas Agnes não conseguiu encontrar nenhuma batata-doce. Desenterrou três carás, desapontada.

R. A. One desceu a encosta com umas cinco batatas-doces, com raízes e tudo.

Eles voltaram para casa, mas Agnes não sabia como preparar os carás. Decidiu primeiro lavá-los com água, descascá-los e cortá-los como rabanetes. Não se sentia capaz de preparar o prato de arroz coberto com cará ralado.

R. A. One colocou algumas batatas-doces em espetos e levou-as ao fogo. Pouco depois, Agnes sentiu um aroma doce no ar. Esse foi o almoço deles.

O Mestre Goal falou.

— Agnes, não se afobe. O propósito deste planeta de treinamento é compreender o que significa viver. É despertar para a graça de Deus e para a preciosidade da civilização e da cultura construídas pela humanidade no passado. Depois que você despertar, isso abrirá caminho para a gratidão e para querer retribuir. E levará à próxima iluminação: o que significa permitir à humanidade viver. Medite um pouco perto dessa janela. Visualize seu pai e sua mãe em sua mente e agradeça a eles.

Agnes fez o que lhe foi dito.

Sentiu o olhar de amor misericordioso do Senhor Deus.

Sentiu o amor infinito de sua mãe.

Talvez fosse uma ilusão, mas Agnes sentiu como se centenas de milhões de anos de história se desdobrassem diante dos seus olhos como uma paisagem.

Sentiu que o "passado" era o "presente" e também o "futuro".

Esse foi o treinamento do dia.

Em outro dia, o Mestre Goal começou a ensinar a prática de fazer chover granizo.

Assim que Agnes viu os respingos de uma cachoeira se elevarem no ar, notou que eles se transformavam em grandes pedras de granizo, que então caíam sem parar. Era a mesma obra de Deus Pai. Agnes esforçou-se ao máximo e foi capaz de fazer cair algumas pedras de granizo.

Em seguida, o Mestre Goal fez chover incontáveis bolas de fogo do céu azul.

Por toda a volta, os arbustos na encosta da montanha começaram a se incendiar.

Agnes também concentrou muito sua mente e tentou fazer chover bolas de fogo do céu.

A montanha ardeu em chamas novamente.

O Mestre R. A. Goal fez a superfície da água do lago erguer-se cerca de 1 metro no ar e despejou-a sobre o fogo da floresta. O fogo foi extinto rapidamente.

– Você parece ter um talento acima da média para psicocinese – disse R. A. Goal a Agnes. – A partir de agora, trabalhe o autocontrole, alcance a iluminação da ausência de ego e treine para dominar a arte do teletransporte instantaneamente. Assim, você será capaz de viajar de um planeta para outro num piscar de olhos pela dobra espacial, sem precisar da ajuda de uma nave espacial.

Em outro dia, o treinamento ocorreu em uma pradaria.

– Hoje você vai fazer um treinamento de combate como Serafim. Demonstre uma grande vontade de proteger o Senhor e mostre seu verdadeiro eu.

Depois de unir as mãos em oração, Agnes começou a rodar. Então, apareceram suas quatro asas, e ela viu-se envolvida por chamas. Elevou-se uns 100 metros acima do chão. Quando emitiu um raio laser na cachoeira, a parte da água que foi atingida pelo raio evaporou-se.

Em seguida, Agnes emitiu bolas de fogo que saíram das palmas de suas mãos e atirou-as contra um penhasco rochoso. A superfície do penhasco se fragmentou e rolaram inúmeras pedras.

R. A. Goal reconheceu que Agnes obtivera um certo nível de resultado. Tudo o que Agnes precisava agora era aprimorar suas habilidades numa batalha real.

– Agora, você deverá treinar o combate a alienígenas malignos sob a orientação do comandante Yaidron. Se por acaso encontrar o imperador do lado obscuro do Universo, peça ajuda a Deus Pai – disse o Mestre Goal.

14.

R. A. One, o filho de R. A. Goal, acabou fazendo amizade com Agnes e se afeiçoando a ela, e continuava a chamá-la de "maninha". Agnes lamentava ter de partir e relutava em se despedir, mas sua primeira fase no planeta de treinamento havia terminado. Ela foi escoltada de volta ao planeta Mother, em Andrômeda.

Deus Pai e a mãe dela vieram recebê-la.

– Você está um pouco mais magra – disse a mãe de Agnes, Panguru, com uma expressão de preocupação. – Deve ter perdido pelo menos uns 5 quilos.

Naquela noite, serviram a Agnes um pargo e uma lagosta, que eram um pouco maiores do que os da Terra. Fazia um tempo desde a última vez que ela tivera um banquete assim.

– A comida parece realmente mais deliciosa depois que fiz o aprimoramento no planeta de treinamento. Acho que, quando a pessoa se farta regularmente de comida, não consegue se sentir grata de fato por uma boa refeição – disse Agnes.

– Isso também é uma experiência de aprendizado – disse o Senhor. – Quando os seres humanos ficam gananciosos, acabam sentindo-se sempre insatisfeitos e não param de reclamar. As pessoas que esqueceram a consciência da abastança, acabam se esquecendo de tratar as demais com amor e tolerância.

Agnes contou aos pais dela que o Mestre R. A. Goal a aconselhara a começar a treinar combate com o senhor Yaidron, mas sua mãe disse: – Descanse um pouco primeiro.

Deus Pai concordou e disse: – Neste momento, o senhor Yaidron deve estar perseguindo o imperador do Universo do verso. Mesmo com toda a força que você tem agora, Agnes, ainda é arriscado demais. Antes de ir vê-lo, vá até a casa do senhor Metatron para aprender mais sobre o "amor". Nenhum demônio consegue derrotar o amor. Contando apenas com o poder espiritual, você pode alcançar uma vitória contra o demônio, mas pode também perder.

Assim, aquela família de três pessoas decidiu ir até um *resort* de fontes termais no planeta Mother para descansar um pouco.

No dia seguinte, saíram de casa num óvni de porte médio. O país de Yamato neste planeta também tinha fontes termais.

Após uns 5 minutos de voo, viram uma montanha de formato cônico, semelhante ao monte Fuji no Japão. À primeira vista, parecia um vulcão.

– Essa é a chamada Montanha da Imortalidade. A palavra "imortalidade", que em japonês é *fuji*, acabou dando nome ao monte Fuji. Ela tem uma ótima fonte de águas quentes. E há um anexo especial para a nossa família atrás do Santuário Ame-no-Mioya-Gami – disse o Senhor.

Os três desembarcaram. Depois de uma curta caminhada, chegaram a uma escadaria de pedra com cerca de cem degraus, tendo no alto um portal *torii* em formato de "A". Quando passaram por ele, encontraram três estradas que levavam a um santuário. O caminho do meio estava pavimentado com mármore, o da esquerda era pavimentado com paralelepípedos pretos e o da direita com paralelepípedos brancos. Agnes foi informada que o caminho do meio era para os deuses, o da esquerda para os humanos do sexo feminino (seres espaciais) e o da direita para os do sexo masculino.

A família trilhou o caminho do meio, de mármore. Depois de uns 100 metros, Agnes viu entre as árvores uma estrutura arquitetônica de vários andares, parecida com o Pagode do Grande Ganso Selvagem. Não dava para saber os materiais usados na construção, mas era uma edificação de sete andares, com paredes cor de barro e uma cobertura de telhas que ficava em cima de outras paredes cor de barro também cobertas de telhas, e assim por diante.

Depois que entraram no edifício por um átrio no térreo, Agnes viu uma grande estátua, que não era de Fudo Myoo ou de Acala, mas de Nio, e que parecia um lutador de sumô. A estátua tinha 25 metros de altura, e Agnes descobriu que o modelo para sua confecção havia sido Ame-no-Mioya-Gami, que aterrissara no sopé do monte Fuji havia 30 mil anos.

– O Senhor era bem grandão naquela época, Pai – disse Agnes.

– Ah, você não imagina o quanto os aldeões ficaram surpresos ao me ver tão grande, com uma espada japonesa de uns 10 metros de comprimento – disse o Senhor.

– Seu Pai mostrou-lhes a majestade de Deus e os ensinou sobre a fé tacitamente com sua presença – disse Panguru.

– A senhora estava lá, mãe?

– Na época, você parecia um tigre-dentes-de-sabre gigante e me protegia – disse o Senhor a Panguru.

– Depois que os aldeões se acalmaram, você mudou de forma. Parecia uma antepassada da princesa

Konohana-Sakuya. Se me lembro bem, você se chamava "princesa Prajna".

— Era isso mesmo? — disse Panguru. — Eu não tinha a sabedoria de Prajna, então devo ter sido a princesa Panda.

— Quer dizer então que a "prajnaparamita" do Sutra do Coração virou "panda-paramita" — acrescentou Agnes.

— Ah, querida Agnes, pare de caçoar da sua mãe — disse Panguru. — Você não deveria estar perguntando qual era o seu nome naquela época?

— O quê? Já imagino qual deveria ser. Provavelmente eu era a princesa Chimpanzé, ancestral do macaco-japonês.

— Acho que era princesa Suzuko — disse o Senhor.

— Você costumava usar um *suzu* (sininho) nos quadris, porque de vez em quando apareciam ursos maus por ali.

E assim, conversando e rindo, os três chegaram ao anexo.

Foram recebidos naquele anexo atrás do santuário por uma proprietária de aparência japonesa e por algumas serviçais.

Era como uma nobre casa de hóspedes em estilo japonês. Caminharam por um corredor e viram um requintado jardim japonês do lado de fora de uma janela de vidro.

Quando chegaram ao quarto, havia três banheiras de água quente ao ar livre, com divisórias de folhas de bambu entre elas.

Uma das banheiras era tão grande que parecia um lago.

– A banheira tem mais de 10 metros de profundidade, e foi projetada para que o senhor possa desfrutar a fonte termal na forma do senhor Ame-no--Mioya-Gami – disse a proprietária. – Por favor, volte à sua forma natural como o Deus consagrado neste templo para relaxar nas águas termais.

Agnes dava gritinhos em seu coração. "Uau! Não acredito que vim até a Montanha da Imortalidade e visitei as Termas de Gora em sua versão de Andrômeda."

Naquela noite, Agnes fez uma refeição farta e descansou muito bem num macio colchão do tipo *futon*. Ficaram hospedados ali por duas noites e depois voltaram para casa.

"Bem, agora devo ir até a casa do senhor Metatron", pensou Agnes. "Fico imaginando se ele é parecido com Jesus Cristo, já que é parte da alma de Cristo, além de ser sua alma cósmica. Ou será que ele tem a aparência de um bode?"

"E que tipo de lugar será o planeta Include na constelação de Sagitário? Disseram-me que a esposa de Metatron, senhora Yamrozay, é como uma irmã para a mãe Panguru. Também soube que sua irmã mais nova, Semrozay, é parecida comigo, tem uma alma artística e é muito talentosa em cantar, dançar e atuar.

Agnes soube que a constelação de Sagitário abrigava a Southern Dipper, como o Big Dipper da

Ursa Maior. Há muito tempo, na China, dizia-se que os *sennins*, ou eremitas, da Southern Dipper e do Big Dipper governavam a vida e a morte, e que discutiam entre eles para determinar o tempo de vida de cada pessoa. Acreditava-se também que se você tinha um desejo de longevidade, era melhor encaminhá-lo à Southern Dipper. A próxima jornada de Agnes estava prestes a começar.

Seu coração bateu mais forte.

15.

Não havia como a Agnes localizar facilmente o planeta Include da constelação de Sagitário.

Ela havia aprendido que, para chegar a Sagitário, uma boa ideia era marcar a estrela da Pistola, que podia ser observada perto do centro da galáxia da Via Láctea, à qual a Terra pertence. A estrela era envolvida por uma nebulosa em forma de pistola, e supunha-se que fosse uma das estrelas mais pesadas, cem vezes mais que o Sol.

Mas o planeta Include não fazia parte de uma grande galáxia com belas espirais como a Via Láctea. Ficava numa galáxia anã de formato indefinido, que pode ser chamada de galáxia irregular ou minigaláxia.

Mesmo agora, as galáxias anãs estão a ponto de serem engolidas por galáxias em espiral.

Agnes sabia que o planeta Include ficava na galáxia anã irregular NGC 6822, dentro de Sagitário.

"Bem, seja o que for", Agnes disse a si mesma, e decidiu seguir até o planeta Include acompanhada apenas por um robô-piloto e um robô-guia. Isso também fazia parte de seu treinamento. Disseram-lhe que em sua pequena nave espacial levaria cerca de três dias para chegar lá. Agnes já havia trabalhado duro no planeta de treinamento, portanto, a essa altura ela tinha de se acostumar com a solidão e as viagens pelo espaço.

Ela começou a acelerar seu pequeno disco voador, projetado para viagens espaciais. Então o cosmos começou a cintilar. Era como se as estrelas dançassem.

"Vejamos: a direção da estrela da Pistola, que fica próxima ao centro da Via Láctea e pesa 100 vezes mais que o Sol, é..." Enquanto Agnes murmurava isso, as coordenadas da estrela da Pistola apareceram no painel.

"Vamos tentar. Pequeno disco voador, entre na dobra espacial! Agora!"

A nave espacial de Agnes estava prestes a colidir com um grande planeta, mas de tanto se expandir e contrair havia se tornado mole, como aquelas imagens em espelhos de parque de diversões. Portanto, o veículo passou direto pelo planeta. Aquilo não poderia ser considerado de fato como uma dobra espacial.

Agnes então gritou: – Dobra espacial! Velocidade tripla!

O disco voador na verdade era alimentado pela psicocinese de Agnes – não tinha combustível nem motor. Era como voar num aeroplano de papel no Grande Universo em gravidade zero. Agnes não tinha alternativa a não ser direcionar sua mente para um destino e se concentrar nisso: – Apenas voe –. Ela já dominava um poder de psicocinese forte o suficiente para impulsionar um disco voador pequeno até a Terra. Na pior das hipóteses, precisaria enviar um sinal de SOS ao senhor Metatron ou a Deus Pai.

Agnes ficou chamando mentalmente o nome do senhor Metatron. Quando o visualizava pelos olhos da mente, o senhor Metatron parecia às vezes como um cabrito-montês, e outras vezes se parecia com Jesus Cristo. Agnes garantiu a si mesma que ele não abandonaria uma mulher com a cruz, já que Metatron, para começar, era uma das almas cósmicas de Jesus.

Quando Agnes começava a ficar exausta, surgiu à sua frente um planeta verde.

– Este é o planeta Include – disse o robô-guia. – Bom nível de oxigênio. Os oceanos ocupam 60% das áreas, as terras 40%. A maior parte das terras é de pradarias, e há também florestas em áreas montanhosas. O planeta Include tem cerca de 80% do tamanho da Terra. Muitos herbívoros vivem aqui, e também mais de 500 milhões de seres do espaço humanoides.

Por fim, eles sobrevoaram uma região que lembrava as florestas europeias e viram uma cidade numa pradaria, com muitas casas de tijolo aparente.

De repente, Agnes avistou uma figura de 3 metros de altura com cara de bode, parada em pé na praça central da cidade, vestido com uma capa vermelha e calçando botas marrons.

O disco voador pousou e Agnes desceu pela rampa. O senhor Metatron tinha grandes olhos cor de obsidiana e dois chifres que se projetavam para trás. A boca era um pouco parecida com a de um bode, mas suas mãos eram de ser humano.

Atrás dele havia duas mulheres. A mais afastada talvez fosse sua esposa Yamrozay. Ela era um pouco parecida com sua mãe, Panguru. A outra mulher mais jovem provavelmente era Semrozay. Era parecida com Agnes, mas com o cabelo mais comprido.

– Então as mulheres são humanoides?

Agnes deixou escapar, sem pensar, essa pergunta insensata.

– Seja bem-vinda, Agnes. Estive fora até há pouco tempo. Vou me transformar em humanoide quando chegar em casa – disse Metatron.

Yamrozay interveio: – Queria encontrar a senhora Panguru, também. Trabalhamos juntas muitas vezes.

– E eu estou compondo uma nova canção neste momento. Por que não se junta a mim mais tarde? – disse Semrozay.

As quatro – Panguru, Agnes, Yamrozay e Semrozay

– eram bem parecidas. "Talvez sejamos as quatro Serafins", Agnes pensou. "Fico imaginando se o Pai fez economia e nos deixou parecidas.

Eles caminharam por cerca de três minutos e chegaram a uma construção de tijolo aparente, em estilo ocidental. Quatro ou cinco robôs-ajudantes circulavam por ali.

– Qual a sua impressão sobre o planeta Include? – Metatron perguntou a Agnes.

–Lembra um pouco a Alemanha, embora eu nunca tenha estado lá.

– Na verdade – explicou Metatron –, deveria se parecer com Roma, na Itália, mas acho que as florestas, pradarias e essas casas de tijolo aparente criam mesmo essa sensação de Alemanha. Aqui no planeta Include não existem megacidades como Tóquio, no Japão. Esta onde estamos agora é a única cidade com mais de 1 milhão de habitantes, as demais têm 500 mil a 700 mil. Mas, senhorita Agnes, você deve estar cansada. E com fome também.

A espaçosa sala de estar era feita com troncos e abrigava um sofá cor de vinho, uma mesa de madeira com cadeiras e uma lareira. Um candelabro com velas pendia do centro do teto. Agnes pensou que um filósofo adoraria uma casa como aquela.

– Há uma grande igreja aqui perto, e meu marido dá um sermão lá todos os domingos – disse Yamrozay.

– Que tipo de sermão? – Agnes perguntou.

– É uma pregação sobre amor e tolerância. Parece um pouco com o cristianismo na Terra.

– Eu também canto e toco piano lá às vezes. Embora eles tenham um coral verdadeiro – disse Semrozay.

Os robôs-ajudantes trouxeram um guisado e um pão comprido e fino com uma crosta crocante, além de café com leite. Logo seria a hora do almoço.

Dentro de instantes teria início uma exploração do planeta Include.

Agnes mal conseguia conter sua empolgação.

16.

Perto da mansão de Metatron havia uma igreja relativamente grande. Sua capacidade normal era de cerca de mil pessoas, mas, levando-se em conta o segundo andar, poderia acomodar quase 2 mil fiéis. Era semelhante às igrejas europeias da Idade Média, mas a diferença é que podia transmitir vídeos por satélite a outras salas ao redor do planeta. Também eram retransmitidas ali palestras importantes dadas por messias de outros planetas. Era por isso que apareciam sempre no céu grandes frotas de óvnis toda vez que El Cantare dava uma palestra na Terra para um grande público. Essas palestras eram retransmitidas pelos óvnis que sobrevoavam o local para seus respectivos planetas natais.

Apesar desse fato inquestionável a respeito do Universo, o governo japonês anunciara oficialmente que não havia um único relato sobre a existência de óvnis. Quando os pilotos da Força Aérea de

Autodefesa do Japão ou de empresas aéreas como a JAL e a ANA reportavam avistamentos de óvnis, eram transferidos para operações em terra; por isso, os pilotos sempre guardavam silêncio. Mesmo quando uma frota de óvnis era detectada no radar, as Forças de Autodefesa nunca saíam em sua perseguição, porque nunca encontravam nada quando chegavam ao céu.

Essa ignorância retrógrada a respeito de informações sobre óvnis era provavelmente uma das razões pelas quais o Senhor Deus considerava que a civilização na Terra não estava pronta para a era espacial.

Se as pessoas não reconheciam a existência de almas humanas ou a existência de óvnis, isso significava que elas estavam mais atrasadas que o Japão de 30 mil anos atrás. Permitir que 8 bilhões de pessoas nascessem sob esse cientificismo materialista resultaria numa expansão explosiva da população do Inferno.

Havia coisas que não podiam ser salvas, mesmo com o poder de Agnes e de outros. Da perspectiva do Universo, fazia mais sentido recomeçar do que tentar consertar.

No domingo, Metatron proferiu uma palestra intitulada "A Razão para a Destruição da Terra". Foi uma palestra extremamente persuasiva. Os Estados Unidos da América haviam anunciado 143 possíveis avistamentos de óvnis, e pela primeira vez em cinquenta anos realizou-se uma audiência pública sobre a questão, mas apenas um avistamento foi examinado. E a única conclusão a que se chegou era que se tratava de um objeto voador muito rápido e desconhecido.

Talvez a administração dos EUA na época julgasse tratar-se de uma nova arma da Rússia, da China ou da Coreia do Norte, porque esses países já haviam desenvolvido mísseis hipersônicos. Havia uma grande preocupação de que os Estados Unidos tivessem ficado para trás na tecnologia de mísseis, e isso instaurou medo entre os americanos. Os Estados Unidos testaram "com sucesso" um míssil hipersônico pela terceira vez, um ano e meio antes do previsto, mas o míssil só conseguiu alcançar a velocidade Mach 5 e acima. Em geral, Mach 5 e acima, isto é, mais de cinco vezes a velocidade do som, era considerado hipersônico. Mas se a Rússia, a China e a Coreia do Norte tivessem mísseis Mach 8, Mach 10 ou Mach 20, seria impossível para os Estados Unidos interceptá-los.

Um míssil comum alcançava velocidade Mach 2 a Mach 3, então poderia abater caças a jato, bombardeiros e aviões comerciais, mas um míssil comum não conseguiria atingir um míssil balístico intercontinental (MBIC), exceto se fosse direcionado para o pico de altura do projétil, depois que o MBIC deixasse a atmosfera.

Mesmo contra mísseis de baixa altitude voando em ziguezague, que supostamente a China e a Coreia do Norte já teriam desenvolvido, ou contra qualquer míssil balístico que voasse à velocidade Mach 8 ou Mach 10 e acima, os PAC-3 e os Aegis Ashore seriam totalmente inúteis.

Era muito natural que a Força Aérea dos EUA suspeitasse que a Rússia, a China e a Coreia do Norte estivessem compartilhando tecnologia alienígena. As imagens de óvnis no radar movimentavam-se a velocidades hipersônicas, portanto eram uma ameaça real – quer fossem de terráqueos ou de alienígenas.

De modo geral, os óvnis da Federação Espacial eram capazes de derrubar até um míssil Mach 20, mas não poderiam realizar ataques a menos que os terráqueos estabelecessem seus próprios padrões de justiça.

Em geral, era necessário pedir com antecedência a permissão de El Cantare, mas a fé dos terráqueos em Deus era frágil como uma folha de papel; estavam mais interessados na vida e nos prazeres mundanos. Não tinham ideia do que Deus estaria pensando, portanto, na democracia de mídia os índices de voto e de audiência eram cultuados em lugar da "justiça de Deus".

Às vezes, a justiça divina inclui proteger os pobres e os fracos. Mas a Vontade de Deus está mais voltada a valorizar a igualdade de oportunidades do que a igualdade de resultados; punir e explorar aqueles que se esforçam para ajudar a si mesmos, como se fossem pessoas más, não está de acordo com a Vontade de Deus. "Imparcialidade" é outro critério no julgamento de Deus.

E enquanto a humanidade não acreditar em Deus e Buda, no Céu e no Inferno, e não compreender a essência do altruísmo, será muito difícil para os seres humanos julgar com precisão se uma guerra é correta ou não.

Além disso, a mera compaixão é diferente de amor. A "compaixão" é necessária, levando-se em conta a premissa de que este mundo é uma "escola para as almas", mas encarar a corrupção da alma – causada pela própria impiedade, imoralidade e crime – à luz da lei de causa e efeito é algo totalmente diferente.

Metatron pregou ao público esses ensinamentos fundamentais usando a Terra como exemplo.

Ao mesmo tempo, Metatron dirigia uma escola para crianças carentes e um hospital próximo à igreja. E também treinava vários sacerdotes que serviam a Deus. Ele tinha sentimentos complexos.

17.

Mesmo depois de voltar para sua mansão, Metatron continuou ensinando a Agnes sobre a importância do amor – o amor daqueles que têm um coração mau é acompanhado sempre pelo desejo de beneficiar a si próprio e tem hipocrisia oculta em sua essência. É por isso que as pessoas precisam analisar bem e ver se elas não estão desejando obter elogios dos outros; ou se não têm o desejo de fama; ou se não esqueceram o coração que busca justiça e que traça uma linha divisória entre a vida pública e a vida privada.

A autenticidade do "amor" de cada um está sempre sendo testada.

Yamrozay entrou na conversa.

– Em termos pessoais, o ensinamento do "amor que perdoa" é aquele que mais me atrai. A parte difícil é não deixar que o mal aumente.

Semrozay continuou.

– Para mim, penso no amor como uma maneira de entreter os outros e fazê-los felizes. Mas é difícil avaliar o quanto de espírito de autossacrifício eu realmente tenho. É maravilhoso ser amigo de todos e viver em harmonia, mas será que sou de fato capaz de perdoar os pecados dos outros? Será que conseguiria manter minha fé se fosse pregada na cruz ou tivesse de abrir mão da minha vida? Por ser jovem, tenho minhas dúvidas. E quanto a você, senhorita Agnes?

Agnes sentiu que todos naquele planeta pareciam filósofos.

– Sofri uma agressão sexual no planeta Terra, mas despertei para a fé e fui salva. Também tive a graça de receber poderes sobrenaturais, mas não fui capaz de salvar minha própria vida. Morri uma vez. Porém, graças às palavras do Senhor Deus, foi-me concedida outra vida na Terra. Então compreendi que a "prosperidade" daqueles que perderam a fé, e ficaram afogados no materialismo e são manipulados por demônios é uma estrada que conduz ao Inferno. No final, não consegui fazer um julgamento a respeito do bem e do mal para salvar a Sétima Civilização da Terra. Senti que não tinha capacidade suficiente. Por isso, agora estou recomeçando e aprendendo com os messias do Universo.

– Sofrer entre o amor e a justiça é um obstáculo que nenhum líder pode evitar – disse Metatron a Agnes. – Você está a ponto de travar uma grande batalha, uma vez mais. É a batalha contra os deuses malignos do lado obscuro do Universo. Isso será um teste para você se tornar um messias qualificado, já que Deus Pai deu-lhe essa tarefa. Meu desejo é que você aprenda neste planeta que o poder do amor vence o mal.

Enquanto falava, o senhor Metatron parecia um Jesus Cristo divino – mas loiro.

– Tenho um estigma em forma de cruz no meu peito. Será que isso quer dizer que preciso aprender com o martírio de Jesus Cristo?

– Acho que você aprendeu a arte de um Serafim com o Mestre R. A. Goal. A própria maneira como você vive sua vida guiará as gerações futuras. A "cruz" da era espacial não será a mesma cruz de Jesus Cristo no monte Gólgota da Judeia. No entanto, você deve deixar sua vida para trás, como um episódio épico para a posteridade, para os povos do Universo. Uma vez mais, você irá travar uma grande batalha que poderá custar sua vida. Nesse momento, proteja sua vida com o coração de amor como lhe ensinei, usando-o como se fosse a carapaça de uma tartaruga. Mostre a todos que ainda existe uma Luz de Esperança neste Universo. Cerca de 70% a 80% deste Universo é feito de matéria escura, mas você deve mostrar que a Luz é mais forte que as trevas. Deve condenar e corrigir a arrogância dos deuses malignos do lado obscuro do Universo.

Agnes entendeu claramente que a essência de seu treinamento naquele planeta era aprender os ensinamentos da mente. Afinal, conhecimento é poder.

Sabendo que a experiência é importante em tudo, Agnes pediu a Semrozay, que tinha mais ou menos a mesma idade dela, que a conduzisse por um passeio detalhado pelo planeta Include.

O planeta Include não era tão rico quanto seu planeta natal, o planeta Mother, mas tampouco tinha um ambiente tão severo quanto o planeta de treinamento de R. A. Goal. Parecia que aqui o principal treinamento era estudar a Verdade, num ambiente relativamente rico, e ajudar as pessoas a se erguerem de novo com o poder das palavras. Agnes ficou sabendo que as pessoas trabalhavam em algum tipo de emprego cinco dias por semana e, então, aos sábados e domingos participam de eventos ou de festivais de música como voluntárias.

Semrozay parecia passar os dias da semana estudando literatura e música, criando novos poemas e canções e enviando-os a várias pessoas do espaço. Às vezes, fazia viagens a outros planetas com Mestre Metatron para realizar pesquisas. Outras vezes, ela até lutava contra alienígenas malignos que planejavam invadir a Terra. Agnes aprendeu com Semrozay a pilotar óvnis pequenos e a lutar contra o inimigo. Semrozay era muito parecida com Agnes, como se fossem gêmeas. Mas Semrozay possuía maiores aptidões físicas. Quando foram para campos de treinamento em áreas não povoadas das montanhas, Agnes aprendeu com Semrozay a fazer um óvni virar, a melhorar a precisão da arma de raio laser e a usar mísseis. Agnes aprendeu também que deveria conhecer as maneiras de escapar do inimigo – como usar o teletransporte instantâneo do óvni quando estivesse nele e saber chegar instantaneamente a um local seguro sozinha se o seu disco voador fosse destruído. Também aprendeu a usar a arte de "repelir a mente" contra os ataques de oponentes que tentassem controlar sua mente, a identificar a sedução dos feiticeiros pleiadianos que faziam uso da própria beleza e sensualidade, e a limpar a mente de pensamentos, a fim de proteger sua fé dos artifícios dos seres de Vega, que empregavam seus poderes de magia e sua aptidão para mudar de forma.

Além disso, Agnes soube que Semrozay de vez em quando dedicava-se a treinar a mente e o corpo com atividades como o *kickboxing*. Agnes foi aconselhada a aprender algum tipo de luta que fosse útil num combate individual. Decidiu pedir ao Pai que lhe ensinasse a arte da espada.

Agnes, com as forças recém-adquiridas, retornou ao Senhor e a Panguru.

Deus Pai perguntou-lhe: – O que você aprendeu?

– Ela respondeu: – Aprendi o quanto é importante estudar e treinar. Preciso estudar a Verdade de Buda para transmitir ensinamentos às pessoas, e aprendi o quanto é importante ter um estilo de vida que sirva sempre como modelo para os demais. Também entendi que o treinamento físico é crucial para aprimorar minha energia espiritual.

Agnes então disse: – Pai, por favor, ensine-me a arte da espada.

O Pai então reformou a construção perto da casa deles e transformou-a num dojô.

Agnes começou manejando uma espada de madeira, e depois passou para uma espada de bambu. O Pai disse que a má postura dela era prova de que a prática do manejo não seria suficiente; se ela não conseguia ficar em pé ereta, tampouco conseguiria sentar-se ereta. Disse que esses eram os problemas que ela precisaria superar mesmo antes de começar a praticar a arte da espada. Às vezes, nas práticas de ataque-defesa, a mãe, Panguru, treinava com Agnes fazendo o papel de oponente. Um mês depois, Agnes começou a treinar com uma espada de verdade, que era um sabre de luz, como aqueles usados nos filmes da série *Guerra nas Estrelas*.

Agnes sentia que a hora estava cada vez mais próxima.

18.

Por fim, chegou a hora de pedir ao senhor Yaidron, outro ser com qualificação de messias, que lhe desse uma aula.

Yaidron residia originalmente nas Nuvens de Magalhães. As Nuvens de Magalhães não eram visíveis do Japão, mas depois que você viaja a países do hemisfério Sul como a Austrália e a Nova Zelândia, pode ver no céu duas galáxias – uma grande, outra pequena – perto do polo sul celestial. A Grande Nuvem de Magalhães é uma galáxia irregular, situada a 160 mil anos-luz da Terra. Perto dela fica a imensa Nebulosa da Tarântula. A outra galáxia é a Pequena Nuvem de Magalhães, que fica a 200 mil anos-luz de distância.

As duas galáxias estão relativamente perto da Terra, considerando que M31 na galáxia de Andrômeda, à qual o planeta-mãe de Deus Pai pertencia, está a 2,3 milhões de anos-luz de distância.

Havia dois planetas gêmeos na Pequena Nuvem de Magalhães – o planeta Zeta e o planeta Elder. O senhor Yaidron era do planeta Elder. Esses dois planetas tinham uma longa história de guerras espaciais entre eles. Originalmente uma espécie reptiliana de combate, o povo de Zeta era extremamente agressivo no espaço; eles costumavam invadir várias galáxias e destruir os povos de numerosos planetas. Entretanto, houve uma reviravolta nos eventos quando um salvador de nome Yaidron nasceu no planeta Elder. Desde então, o povo de Zeta começou a perder terreno e fugiu para outros planetas, habitados por povos espaciais herbívoros. Alguns dos habitantes de Zeta chegaram a vir à Terra, numa tentativa de invasão, mas depois de serem derrotados pelo senhor Yaidron e pelo Senhor Deus, alguns converteram-se em reptilianos de fé e se tornaram terráqueos.

No entanto, o senhor Yaidron estava atualmente na base marciana. Ele havia capturado um dos comandantes inimigos, Ahriman, e seu plano era interrogá-lo e ao mesmo tempo usá-lo como chamariz para atrair Kandahar, seu comandante em chefe, e o cérebro por trás de tudo. Era uma estratégia ousada, porque ele estava deliberadamente convidando um ataque à base marciana.

Assim, Agnes decidiu que o melhor a fazer era primeiro voltar à base marciana e procurar o comandante Yaidron.

A nave-mãe *Andromeda Galaxy* seria mobilizada do planeta Mother de Andrômeda apenas quando chegasse a hora da batalha principal; portanto, em seu lugar foi mobilizada a nave de combate secundária *Mikasa*, que tinha cerca de 250 metros de comprimento. Não possuía o formato de um disco-voador, parecia uma versão esbelta da nave de combate de Yamato da Terra – adequada ao país de Yamato. O chefe da nave era Commander Z. Eles estavam preparados para qualquer batalha real que pudesse acontecer.

Agnes chegou à base marciana na nave de combate *Mikasa*, chefiada pelo capitão Commander Z, com uma frota de cerca de cinquenta outras naves.

Com base no relatório de investigação do senhor Yaidron, o general inimigo Kandahar captaria o mais leve sinal de SOS emitido por Ahriman; era altamente provável que Kandahar lançasse um ataque à base marciana em poucos dias.

Mas o verdadeiro objetivo de Yaidron ia além. Ele precisava descobrir se havia alguém puxando as cordinhas por trás das forças do Universo obscuro e onde estavam localizadas a base deles e sua entrada.

Existe um conceito conhecido como "multiverso". Em termos simples, trata-se de um "Universo paralelo". A ideia é que existe um "Universo do verso", separado do Universo onde vivem os humanos em bases como a Terra. A suposição é que há uma outra versão de nós vivendo nesse Universo do verso, e embora os dois Universos sigam caminhos evolutivos diferentes, existem vários "buracos" que nos permitem ir e voltar entre os dois mundos. Se isso for verdade, atacar bases inimigas no Universo principal não é suficiente, porque o real poder do inimigo estará preservado nesse Universo do verso.

Recentemente, mais pessoas têm apoiado essa ideia do multiverso. O mais recente filme do *Doutor Estranho* baseia-se na premissa de que há várias versões do Doutor Estranho em múltiplos Universos. Isso pode ser considerado um pesadelo, ou melhor, um vício em drogas, mas é uma possibilidade.

Também já surgiu a ideia de que os irmãos de alma de uma pessoa residem no mundo espiritual e que temos um outro "eu" residindo em outra galáxia.

Talvez seja possível supor que algum tipo de existência do Universo do verso tenha criado o reino do Inferno dentro do mundo espiritual da Terra e de outros planetas. Se este for o caso, os padrões de bem e de mal podem se inverter, e o Céu e o Inferno podem até ser invertidos.

Talvez o fim da Sétima Civilização na Terra, descrito em *O Estigma Oculto 2 < A Ressurreição >*, precisasse mesmo acontecer, porque mais da metade dos espíritos dos terráqueos estariam indo para o Inferno, e a menos que os salvadores ou arcanjos se esforçassem muito para evitar que fossem parar ali e os levassem para que fossem purificados, parte do Universo da frente poderia acabar sendo tomada e então passaria a ser governada pelo Universo do verso.

Como os humanoides do espaço de outros planetas estavam em menor número, a Terra, com mais de 8 bilhões de pessoas, era um campo consideravelmente grande e importante para o treinamento da alma.

Nesse sentido, talvez fosse necessário destruir a raça humana na Terra por enquanto; os humanos haviam esquecido sua fé no Deus do Universo da frente e multiplicavam-se em número, ao mesmo tempo que cultivavam valores contrários a Deus.

Para Agnes, a teoria do multiverso era um pouco difícil de compreender, embora ela conseguisse captar a ideia da existência de um Universo do verso como parte de seu Universo paralelo.

Era por isso que Agnes estava tão determinada a unir as pessoas do Universo da frente por meio da fé no Senhor Deus e da devoção aos Seus ensinamentos. Era preciso fechar aquelas pessoas do Universo do verso no outro lado dos "buracos", ou, se não, era preciso destruir os planos que elas tinham de invadir o Universo da frente.

"Custe o que custar, preciso impedir que as pessoas cultuem o que consideramos o demônio como seu novo Deus. Quero transformar este nosso Universo num lugar onde pessoas com diferentes sensos dos valores possam coexistir sob a crença num Deus Único".

Eram esses os pensamentos nos quais Agnes se concentrava no momento.

De repente, ela recebeu a informação de que a frota inimiga apareceu e estava se dirigindo para a base em Marte.

Provavelmente, fazia parte do plano deles resgatar Ahriman, seu general que lutara tantas batalhas por eles. E isso significava que haveria uma invasão na base marciana, além da batalha no espaço sideral. O capitão Commander Z e Agnes precisavam preparar-se para deter possíveis infiltrados na base, enquanto o general Yaidron combateria os inimigos fora da base. A torre de isolamento onde se encontrava Ahriman ficava no alto de uma cidade no estilo de Manhattan. Então, teve início a formação de uma guarda especial. Será que as barreiras da base acabariam sendo violadas? O treinamento de Agnes seria eficaz? A batalha estava prestes a se iniciar.

19.

Uma grande frota inimiga apareceu sobre Marte. Eram cerca de quinhentas naves. Dessa vez, a frota de defesa de Yaidron tinha em torno de trezentas naves, portanto estavam em menor número; mas a verdadeira intenção do comandante Yaidron era fazer o inimigo acreditar que eles estavam em vantagem, deixando-os confiantes e convencidos. Assim, Yaidron levou isso em consideração e se preparou para sofrer alguns danos.

Na batalha entre os pequenos óvnis dos dois lados operados por Greys, os danos de ambas as partes ficaram equilibrados.

A principal força do inimigo era a nave de combate *Death Strong*, que provavelmente era conduzida por Kandahar. O disco voador de Yaidron, *God Fire*, tinha cerca de 200 metros de diâmetro. Agnes estremeceu quando fixou os olhos no monitor e viu que a *Death Strong* – também uma nave de combate, mas muito, muito maior – tinha uns 500 metros de diâmetro. Ela se perguntava, preocupada, se eles conseguiriam vencer sem a *Andromeda Galaxy* do Pai.

O capitão Commander Z, que estava à direita dela, disse: – Esta nossa base tem canhões e mísseis antiaéreos, além de outras armas secretas. Quando os inimigos começarem a achar que venceram, vamos virar o jogo.

Mas os ataques intensivos com seus três cruzadores não estavam sendo suficientes para romper as barreiras da nave de combate inimiga, a *Death Strong*.

Além da *Death Strong*, havia duas outras naves que protegiam os flancos da nave-mãe: uma nave de combate equipada com mísseis, de 300 metros de diâmetro, chamada *My Turn*, e a nave de combate *Thunder Bolt*, com artilharia de choque elétrico. Das forças aliadas, cinquenta dos destróieres de 30 metros de diâmetro dispararam mísseis, todos ao mesmo tempo. Só que esses mísseis foram capturados um após o outro pela rede de raios de choque elétrico da nave *Thunder Bolt*. Os mísseis caíram neutralizados.

Em seguida, *My Turn* disparou mísseis, e os destróieres aliados se dispersaram em todas as direções; mas assim que foram colocados na mira e perseguidos, quase metade deles foi derrubada.

– Não há nada que possamos fazer – disse Agnes.

Nessa hora, dois canhões se projetaram da parte frontal da nave *God Fire* de Yaidron e dispararam um raio laser azul-água.

O raio laser azul-água foi direto para a nave *Thunder Bolt*.

Surpreendentemente, quando o raio laser atingiu a *Thunder Bolt*, o metal da superfície da nave começou a congelar. – Ah, agora eles não conseguirão mais usar sua artilharia de choques elétricos – sussurrou Agnes.

Ela acertou em cheio. A nave de Yaidron lançou dois anéis de luz que pareciam rodas e atingiu a nave *Thunder Bolt*, que estava congelada. Ela se partiu em três pedaços e caiu, produzindo pequenas explosões sobre a superfície de Marte.

O inimigo ficou furioso, e disparou dois mísseis nucleares de sua nave de combate em direção à nave de Yaidron, que deu meia-volta e começou a subir a grande velocidade. Os dois mísseis nucleares perseguiram a nave. A uma altitude de 5 mil metros, a nave de Yaidron parou, desligou todos os motores e iniciou uma queda livre. A nave de combate inimiga, *My Turn*, foi pega de surpresa. Afinal, eles estavam diretamente embaixo da *God Fire* de Yaidron. Os mísseis da nave *My Turn* perseguiam a fonte de calor das naves inimigas, mas como Yaidron desligara os motores de sua nave para iniciar a queda livre, então os mísseis nucleares que a perseguiam passariam ao largo dela e atingiriam a *My Turn*.

O comandante Yaidron murmurou: – *It's my turn*. É a minha vez. – O capitão da nave inimiga, ao ser pego de surpresa, fez uma manobra tabu: fugiu para o lado a toda velocidade. Infelizmente, o míssil voava a uma velocidade maior que a da nave de combate inimiga. Como último recurso, a nave *My Turn* tentou entrar numa dobra espacial. Mas precisava de no mínimo 1 minuto para preparar o procedimento. Dois de seus espetaculares mísseis nucleares de alto desempenho atingiram sua nave. Foi como se fogos de artifício gigantes explodissem no céu de Marte. A segunda nave de combate inimiga fora destruída.

Tudo o que restava agora era um duelo direto entre a nave de combate principal do inimigo, a *Death Strong*, e a nave de Yaidron.

– O senhor Yaidron é um combatente habilidoso – disse Agnes, suspirando aliviada.

Nessa hora, porém, o som das sirenes ecoou por toda a base.

"Invasão inimiga, invasão inimiga", soou o anúncio.

– Certo, eles estão aqui – murmurou Commander Z. – Deve ser parte do plano deles resgatar Ahriman. Esse combate no céu de Marte talvez seja uma tática de distração.

– O que é uma tática de distração? – perguntou Agnes.

– É desviar a atenção do inimigo para outro lugar para poder atacar o alvo principal.

Os dois embarcaram na nave espacial de combate *Mikasa*.

Cinco tanques em forma de toupeira romperam o teto que cobria a base marciana subterrânea. Seu alvo, claramente, era a torre de detenção de Ahriman na extremidade de Manhattan.

Cerca de trinta óvnis de pequeno porte foram mobilizados para interceptar os tanques em forma de toupeira, que tinham asas retráteis e uma perfuratriz implantada na ponta. Enquanto os óvnis lidavam com os tanques, vários alienígenas parecidos com ninjas desciam de paraquedas sobre os telhados e ruas ao redor.

E agora? Como eles vão lutar? A nave espacial de combate *Mikasa* aguardava no céu acima da extremidade de Manhattan.

A maioria dos tanques em forma de toupeira foi abatida pelos raios dos pequenos óvnis, mas os alienígenas semelhantes a ninjas já haviam se transformado em marcianos. Era impossível desferir um ataque contra eles a partir da nave de combate.

Agnes, o capitão Commander Z e cerca de dez combatentes fizeram um pouso suave perto da torre de detenção de Ahriman.

Agora, teriam de travar um combate corpo a corpo usando armas de raio laser e sabres de luz. O resultado das sessões de treinamento de Agnes seria posto à prova.

Agnes trajava um uniforme de combate e carregava uma arma de raios laser no quadril direito e um sabre de luz no esquerdo.

De um edifício do lado oposto, as forças inimigas disparavam armas de raios laser. Uma bazuca carregada sobre o ombro foi disparada do lado esquerdo daquele edifício e destruiu parte das paredes da torre de detenção.

"Será que vou conseguir vencer no meu primeiro combate corpo a corpo?" Agnes relembrou seus dias de treinamento com o Mestre R. A. Goal e R. A. One.

"Ah, eu quero vencer esse combate e ver R. A. One de novo."

Era esse o sincero sentimento de Agnes.

20.

Agnes lutou contra os três ninjas do espaço com um sabre de luz. Seu primeiro ataque foi um golpe rápido, e ela certamente sentiu que havia acertado um belo golpe. Ao enfrentar o segundo ninja, desferiu-lhe um golpe diagonal de cima para baixo em seu ombro direito. O treinamento no dojô provou ter sido eficaz.

O terceiro ninja saltou de uma sacada no segundo andar. Agnes virou-se rapidamente e acertou-lhe um bom contragolpe no dorso, seguido por um golpe diagonal que acertou o inimigo por trás.

Enquanto isso, Commander Z enfrentava um homem enorme vestido com uma roupa cinza. Disparou sua arma de raios laser, mas o raio foi desviado. Agulhas negras de veneno foram disparadas pelos dez dedos das mãos do inimigo.

O traje do capitão Commander Z ficou parcialmente rasgado. O oponente era duro de vencer. O capitão Commander Z rapidamente desvencilhou-se de seu traje preto e se transformou na resplandecente forma do deus Hermes. Elevou-se ao céu com suas grandes asas brancas, e as sandálias de Hermes nos tornozelos aceleraram sua subida. Na mão esquerda segurava o todo-poderoso cajado de Kerykeion, que emitia uma luz dourada.

Seu oponente, no entanto, também se transformara. Depois de se despojar do traje cinza que cobria seu corpo de 3 metros de altura, virou um grande pterossauro com pelo menos 15 metros de comprimento. Provavelmente tratava-se de um reptiliano de Altair, a contraparte de Vega localizada na constelação de Lira. Era bem possível que fosse um dos chefes das espécies que resistiram a se tornar reptilianos de fé.

Por um tempo, os dois se envolveram num combate aéreo. Por fim, o cajado de Kerykeion de Hermes lançou um raio sobre seu oponente, arrancando as asas do pterossauro, que mesmo assim continuou soltando pela boca chamas de 7, 8 metros de extensão.

– Você não sabia que na realidade sou um deus? – disse o deus Hermes, e emitiu um denso raio laser da palma da mão direita. O pterossauro ficou todo preto e desabou, envolto num véu de fumaça.

Mas Agnes também enfrentava agora outro forte oponente. De início, pensou que fosse do sexo feminino, mas seu adversário transformou-se num polvo gigante, com oito tentáculos e mais de 10 metros de altura.

A voz de Yamrozay, esposa de Metatron, ecoou no coração de Agnes:

– Agnes, seu oponente é um soldado anti-Serafim. Tenha cuidado. Mas esse tipo de polvo foi projetado para me derrotar, então acho que você tem uma nova arma.

A arma de raios laser de Agnes não estava fazendo efeito. E por mais que ela cortasse os tentáculos do polvo com seu sabre de luz, novos tentáculos continuavam se regenerando.

– Se é assim, vou fazer um monte de *takoyakis* (bolinhos de polvo) suficientes para alimentar 10 mil soldados marcianos – disse Agnes, ganhando forças para derrotar o oponente. Porém, ela foi sugada pelas ventosas do polvo e ficou presa em seus tentáculos, deixando cair seu sabre de luz.

"Lembro-me do senhor Metatron me dizendo para ser como uma tartaruga e me proteger com um coração amoroso. Se me esconder dentro da carapaça de uma tartaruga marinha, não serei derrotada, não importa o quão forte o polvo me prenda."

Agnes desejou em sua mente transformar-se numa tartaruga marinha. Retraiu a cabeça, os braços e as pernas. A tartaruga passou a girar e a cortar os tentáculos do polvo. Logo, apareceu um Serafim de quatro asas e criou um redemoinho de chamas. O cefalópode gigante virou um polvo grelhado e desabou no chão.

Restavam poucos inimigos. Os soldados marcianos estavam em vantagem na luta.

Então, aconteceu. Com um estrondo repentino, um dos sóis artificiais explodiu. A nave de combate inimiga, *Death Strong*, rompeu o teto e surgiu sobre a cidade de Marte.

Pouco antes disso, a nave inimiga mergulhara para lançar um ataque camicase à *God Fire*. A espaçonave de Yaidron rapidamente transformou-se num disco voador de rotação perpendicular e dividiu-se ao meio verticalmente para se esquivar do ataque da *Death Strong*. A nave inimiga, porém, sem pestanejar, disparou seus principais canhões de raios laser e mísseis sem dar atenção para a nave de Yaidron, enquanto atravessava a cúpula transparente que cobria a superfície de Marte. Aproveitando o impulso, atacou a cidade subterrânea.

Muitas pessoas fugiram do local quando o casco enorme da *Death Strong* penetrou nas linhas defensivas e fez sua imponente aparição sobre aquela cidade de Marte de estilo nova-iorquino. A nave de combate dirigiu-se para a extremidade de Manhattan, deixando atrás de si dois rastros de fumaça preta. Mas a nave espacial de combate *Mikasa* estava de prontidão, o que pegou o inimigo de surpresa. Seguindo as ordens do vice-capitão Kuropatkin, os três principais canhões da *Mikasa* abriram fogo. Três projéteis rotativos do tipo perfuratriz atingiram a nave inimiga.

Os projéteis giravam enquanto perfuravam a *Death Strong* e explodiram dentro dela. A nave de guerra inimiga inclinou-se em um ângulo de 45 graus e começou a pegar fogo. E foi exatamente assim que aquela nave inimiga atingiu as torres gêmeas – as do World Trade Center –, destruindo os edifícios memoriais de El Cantare. Pequenas explosões irrompiam continuamente dentro da nave de combate inimiga, mesmo sob os escombros.

Porém, para surpresa dos aliados, o comandante em chefe do inimigo, Kandahar, já havia se teletransportado para a torre de detenção de Ahriman, no

Parque Battery. Kandahar era um alienígena do tipo tiranossauro, com duas cabeças. Imagine Godzilla com duas cabeças – assim era Kandahar. De seus olhos, dois em cada cabeça, ele disparava poderosos raios laser, abatendo os guardas. Kandahar fez um buraco no edifício e invadiu a sala de Ahriman.

Mais ou menos nessa hora um disco voador de porte médio, com cerca de 50 metros de diâmetro, separou-se da nave *Death Strong*, que se acreditava estar em chamas, e surgiu no ar dos escombros das torres gêmeas.

Kandahar resgatou Ahriman e por teletransporte os dois embarcaram em outra nave, de porte médio, chamada *Death Match*.

O centro de controle da nave-mãe era na verdade outro óvni, projetado intencionalmente para conseguir escapar com a *Death Match* caso a nave maior fosse destruída. A *Death Match* ascendeu rapidamente e voou pela abertura no teto da cidade subterrânea.

O deus Hermes transformou-se de novo em Commander Z e embarcou na *Mikasa*. Agnes foi junto. Passaram, então, a perseguir a *Death Match*.

No céu imediatamente acima, a *God Fire* de Yaidron aguardava. Yaidron disparou quatro mísseis da parte traseira de sua nave. Commander Z, que estava perseguindo a nave inimiga, também disparou quatro mísseis da parte de baixo. A *Death Match* estava por um fio – ou assim deveria ter sido. Os oito mísseis disparados de ambos os lados colidiram entre eles e explodiram, enquanto o disco voador que transportava Kandahar e Ahriman desapareceu no ar.

– Eles fugiram por uma dobra espacial, como eu imaginava – disse Yaidron, dando uma risadinha. Ele estava tranquilo.

21.

Yaidron supervisionava o Sistema Solar inteiro com um radar espacial. O inimigo sofrera um dano considerável, então ele pensou que o destino que haviam pegado pela dobra espacial seria relativamente próximo, já que se tratava de uma nave de porte médio, de 50 metros de diâmetro.

– Lá está ela – Yaidron deixou escapar num sussurro. Um ponto luminoso surgiu perto de Saturno. "Deve ser a *Death Match*", disse ele a si mesmo e contatou a *Mikasa*. Decidiram pegar uma dobra espacial de curta distância, de Marte para o céu acima de Saturno. Saturno tinha 64 satélites, uns grandes, outros pequenos. A maioria deles eram satélites pequenos, glaciais, mas Titã era sem dúvida o maior, com brilho de magnitude aparente 8. E havia ainda o misterioso satélite Hipérion, de formato oval, semelhante a uma esponja e com 350 quilômetros de diâmetro. A superfície de Titã era parecida com a de Marte, portanto, a passagem para o Universo obscuro poderia ser Hipérion.

As duas naves espaciais, *God Fire* e *Mikasa*, enveredaram por uma dobra espacial até as vizinhanças de Saturno. O inimigo ainda não se dera conta de que estava sendo seguido. As naves passaram para o modo de camuflagem invisível e se aproximaram de Hipérion, um dos satélites de Saturno.

Esse satélite peculiar, semelhante a uma esponja, tinha vários orifícios enormes. O inimigo mergulhara num deles.

– É isso. Aquele é o túnel que leva ao Universo paralelo.

Yaidron, Commander Z e Agnes avançaram por um buraco do sinistro Hipérion, que tinha uns 2 quilômetros de largura. Obviamente estava escuro dentro do buraco, mas ele se movimentava como um turbilhão, igual ao redemoinho do mar de Naruto da ilha de Shikoku, no Japão. *God Fire* e *Mikasa* avançaram mais de cinco minutos em meio aos ruídos de atrito e rangidos da estrutura das naves. Em seguida, as duas naves emergiram do buraco. Por um momento, viram a *Death Match* flutuando no espaço. Mas a aventura não terminou aí. As três naves foram sugadas numa mesma direção por uma poderosa força magnética. Commander Z gritou: – É um buraco negro! – Dizem que quando um sol morre ele se torna um buraco negro, de onde nenhuma luz consegue escapar devido à sua imensa massa. Eles nunca tinham ouvido falar de alguém que conseguira sair com vida depois de ser sugado por um buraco negro.

Yaidron descobriu que estavam sendo sugados para um buraco negro que ia até o centro da galáxia do Sombreiro, M104, na constelação de Virgem. Todos perderam os sentidos por alguns minutos. Ao recuperarem a consciência, suas naves estavam de novo flutuando no espaço sideral.

Yaidron reconheceu a paisagem familiar. Estavam na Pequena Nuvem de Magalhães. Havia dois planetas gêmeos à sua frente: o planeta Elder e o planeta

Zeta. Teria ele voltado para casa? Mas algo estava errado. Do planeta avermelhado Zeta, uma grande frota preparava-se para invadir o planeta Elder. A *Death Match* fugiu para o meio da frota.

Yaidron recebeu uma mensagem do capitão Commander Z dizendo: "Este Elder é o seu planeta?". Com certeza era o mesmo planeta, mas os tons verdes eram mais escuros.

A grande frota de naves do planeta Zeta passou a bombardear o planeta Elder. Várias cidades de Elder ficaram em chamas.

– Esta é a Terceira Guerra Mundial de trinta anos atrás. Esta guerra quase levou Elder a ser colonizado. Mas, então, eu apareci... – Yaidron ficou sem palavras. Kandahar e Ahriman tinham vindo do planeta Zeta do passado, voado pelo buraco negro e surgido trinta anos depois no Sistema Solar, pensou.

Logo o general Yaidron deveria emergir do planeta Elder para sua primeira batalha e aniquilar o inimigo. Yaidron percebeu que os dois generais inimigos que ele havia destruído trinta anos atrás haviam entrado numa dobra espacial e atacado a Terra e Marte. Isso ocorreu há apenas trinta anos no planeta Elder; no entanto, na Terra, poderia ter sido vários milhares de anos atrás, ou talvez até antes disso. O tempo ficava incerto quando eles passavam por um buraco negro, que absorvia até a luz com sua massa colossal. A história do Universo, portanto, não era linear.

Pouco depois, o general Yaidron do passado fez uma aparição em sua nave de combate, a *God's Not Dead*, e infligiu consideráveis danos aos agressores de Zeta, que eram em sua maioria reptilianos.

– Agora entendo – disse Commander Z. – Esses seres de Zeta apareceram na antiga Terra, foram derrotados pelo Deus Criador Alpha e se uniram aos reptilianos de fé da Terra. É isso. E Kandahar e Ahriman foram para a Terra depois de invadir outros planetas.

– Não podemos alterar a história do Universo? – Agnes perguntou. – Se os tivéssemos matado aqui, talvez a Terra estivesse segura.

Ninguém, exceto El Cantare, poderia responder a essa pergunta. Depois de destruída a fonte dos demônios, o registro histórico da Terra até a Sétima Civilização também seria reescrito.

De repente, a *Andromeda Galaxy* do Deus Pai surgiu no espaço.

– Atenção, todos vocês: já é o suficiente para esta missão. Agora ouso lhes dizer: sou aquele que colocou o bem e o mal um contra o outro para competirem no Universo, e com isso montei o palco para que a humanidade abandonasse o mal, escolhesse o bem e ganhasse sabedoria. Sim, de fato, o conflito entre o bem e o mal não terminará enquanto o Universo continuar evoluindo. Mas digo a vocês: criei vários salvadores e arcanjos nessa jornada. Vamos retornar juntos para casa.

Com as palavras Dele, a nave *Andromeda Galaxy*, acompanhada por *God Fire* e *Mikasa*, pegaram uma dobra espacial para trinta anos à frente até o planeta Mother, na galáxia de Andrômeda.

Panguru ficou bastante contente ao ver todos voltarem para casa depois de tanto tempo fora. Ela até convidou R. A. Goal e R. A. One para virem à sua casa no país de Yamato, no planeta Mother.

– O bolinho *mochi* de morango é uma delícia. Também quero tentar fazer – disse R. A. One.

Yaidron parecia frustrado por ter deixado o inimigo escapar.

Metatron consolou-o dizendo: – Às vezes, perdoar seus inimigos é também amor. No final das contas, eles nos propiciaram várias experiências de aprendizagem.

Yamrozay, que se parecia com a atriz japonesa Yuriko Yoshitaka, confortou Commander Z e Agnes. Ela disse: – É também importante elogiar a si mesmo por ter travado uma boa luta.

Semrozay perguntou: – Agnes, você está partindo de novo para criar a Oitava Civilização na Terra, certo?

– O plano é esse, mas acho que não tenho jeito para ser uma deusa – replicou Agnes. Então, levantou-se do assento e disse: – Nossa! Preciso escrever uma carta ao meu amigo na Terra –. Foi até outra sala para escrever uma carta, entregou-a a um robô-pombo-correio, e despachou-o para a Terra.

(Fim da história)

22.

R. A. One veio visitar Panguru mais uma vez.
– Onde está a maninha? – perguntou a Panguru.
Ela respondeu: – Agnes vai criar uma nova civilização num lugar chamado Terra, no Sistema Solar.
– O que temos para jantar?
– Não sei se você já ouviu falar. Chama-se *nikujaga*. Você cozinha batata, cenoura, cebola, pedacinhos de carne artificial e macarrão *shirataki*, tudo no *shoyu* com açúcar.
– Não tenho permissão para matar, então acho que não posso comer carne – disse R. A. One com um olhar desapontado.
– Eu já lhe disse, é por isso que hoje vamos ter carne artificial. A carne artificial é feita de soja. Não usei carne bovina, nem de porco.
– E por que preparou esse *nikujaga*? – o garoto perguntou.
– Bem, esse país chamado Japão, no planeta

Terra, certa vez lutou contra a Frota Russa do Báltico. Um grande homem chamado Heihachiro Togo conseguiu fazer um "jogo perfeito". E foi assim que o Japão venceu a Rússia.

– O que quer dizer um "jogo perfeito"?

– Significa que a Frota do Báltico, famosa por ser a mais poderosa do mundo, foi totalmente derrotada pelo comandante em chefe Heihachiro Togo, do Japão, que usou a tática chamada "Cruzar o T".

– Uau, esse senhor Togo devia ser forte como o senhor Yaidron.

– Exatamente. O senhor Togo venceu a Rússia, que era dez vezes mais poderosa que o Japão.

– Ele ficou forte porque comia *nikujaga*?

– Quando era mais jovem, o senhor Togo estudou na Inglaterra por cinco anos. Dizem que ao voltar ao Japão inventou um prato chamado *nikujaga*. Foi por isso que eu quis cozinhá-lo para você.

– Acho que um dia vou preparar *nikujaga* para Agnes também.

– Ok, ok. Mas antes precisamos mandar sementes de batata para o novo planeta Terra. Agnes foi para o Novo Continente de Mu. Talvez ali eles ainda não tenham batatas.

– Vou garantir que sejam entregues – disse R. A. One com grande entusiasmo.

Aqui, no Novo Continente de Mu do planeta Terra, as plantas e árvores finalmente começaram a crescer. A pesca era relativamente fácil, mas a agricultura ainda iria demandar tempo e energia para construir campos cultiváveis e arrozais.

Mesmo assim, as pessoas que haviam vindo para cá de todas as partes do mundo estavam motivadas a começar uma nova civilização, e traziam uma variedade de coisas com elas.

Naoyuki Yamane, ex-chefe da Primeira Divisão de Investigação Criminal do Departamento de Polícia Metropolitana, e Haruka Kazami, a ex-chefe da Agência de Segurança Pública, estavam cavando o solo, a fim de construir uma modesta pirâmide truncada.

A pirâmide tinha 10 metros de cada lado e cerca de 15 metros de altura. Assumiu uma aparência grega quando lhe acrescentaram escadas de pedra.

– De acordo com a carta de Agnes, ela deve descer aqui em breve para este Novo Continente de Mu na Terra – disse Yamane.

– Verdade, já faz quase um mês – Kazami respondeu.

– Sabe, acho que ela vai parecer muito poderosa como deusa se tiver virado uma vovó de mil anos de idade – disse Yamane.

– Ah, pare com isso. Com base nos cálculos do meu cérebro da Universidade de Tóquio, Agnes não ficou nem um pouco mais velha.

– Que tipo de fórmula você usou para calcular isso?

– Bem, usei meu "computador intuitivo".

Os dois, prevendo que Agnes desceria do céu como uma deusa, haviam largado seus empregos de policiais e decidido tornar-se os primeiros pregadores religiosos do país. Chegou, então, o crepúsculo do sétimo dia de julho.

Um óvni enorme apareceu no céu, girando e irradiando uma luz dourada, e parou acima da pirâmide truncada que Yamane e Kazami haviam construído.

A base central do disco voador se abriu e dele uma figura divina desceu lentamente.

Cerca de trezentas pessoas se reuniram para assistir. Yamane fez o papel de um pregador e Kazami desempenhou o papel de uma sacerdotisa, enquanto aguardavam a nova deusa descer do céu.

– Eis o advento da deusa Agnes! – gritou Yamane.

Agnes usava um manto vermelho e uma tiara de prata. Vestia uma túnica rendada branca. Então, desceu até o divino trono.

Kazami gritou: – Aqui está a deusa Agnes!

Vários japoneses cochicharam: –Será que não é a deusa do Sol Amaterasu-O-Mikami?

No peito de Agnes, porém, uma cruz de diamante reluzia intensamente.

– *Oh, Jesus!* – exclamaram aqueles que falavam inglês.

– Está tudo bem, podem me chamar como quiserem – disse Agnes. Yamane e Kazami fizeram uma reverência e deram uma risadinha.

Era a descida de uma deusa. Mesmo que Jesus viesse como mulher, ninguém contestaria.

Agnes tremia de emoção.

Assim, a noite do dia 7 de julho tornou-se o aniversário da descida de deus à Terra.

Agnes pronunciou as primeiras palavras para o povo:

– Amem seu Senhor Deus El Cantare.

Foram palavras que expressavam sua profunda convicção.

FIM

SOBRE O AUTOR

Fundador e CEO do Grupo Happy Science. Ryuho Okawa nasceu em 7 de julho de 1956, em Tokushima, no Japão. Após graduar-se na Universidade de Tóquio, juntou-se a uma empresa mercantil com sede em Tóquio. Enquanto trabalhava na matriz de Nova York, estudou Finanças Internacionais no Graduate Center of the City University of New York. Em 23 de março de 1981, alcançou a Grande Iluminação e despertou para Sua consciência central, El Cantare – cuja missão é trazer felicidade para a humanidade.

Em 1986, fundou a Happy Science, que atualmente expandiu-se para mais de 166 países, com mais de 700 templos e 10 mil casas missionárias ao redor do mundo.

O mestre Ryuho Okawa realizou mais de 3.450 palestras, sendo mais de 150 em inglês. Ele tem mais de 3.100 livros publicados (sendo mais de 600 mensagens espirituais) – traduzidos para mais de 41 línguas –, muitos dos quais se tornaram *best-sellers* e alcançaram a casa dos milhões de exemplares vendidos, inclusive *As Leis do Sol* e *As Leis do Inferno*. Ele é o produtor executivo dos filmes da Happy Science (até o momento, 26 obras produzidas), sendo o responsável pela história e pelo conceito original deles, além de ser o compositor de mais de 450 músicas, inclusive músicas-tema de filmes.

Ele é também o fundador da Happy Science University, da Happy Science Academy, do Partido da Realização da Felicidade, fundador e diretor honorário do Instituto Happy Science de Governo e Gestão, fundador da Editora IRH Press e presidente da NEW STAR PRODUCTION Co. Ltd. e ARI Production Co. Ltd.

GRANDES CONFERÊNCIAS TRANSMITIDAS PARA O MUNDO TODO

As grandes conferências do mestre Ryuho Okawa são transmitidas ao vivo para várias partes do mundo. Em cada uma delas, ele transmite, na posição de Mestre do Mundo, desde ensinamentos sobre o coração para termos uma vida feliz, até diretrizes para a política e a economia internacional e as numerosas questões globais – como os confrontos religiosos e os conflitos que ocorrem em diversas partes do planeta –, para que o mundo possa concretizar um futuro de prosperidade ainda maior.

7/7/2022: "Seja Independente e Forte"
Saitama Super Arena

6/10/2019: "A Razão pela qual Estamos Aqui"
The Westin Harbour Castle, Toronto

3/3/2019: "O Amor Supera o Ódio"
Grand Hyatt Taipei

O QUE É EL CANTARE?

El Cantare é o Deus da Terra e é o Deus Primordial do grupo espiritual terrestre. Ele é a existência suprema a quem Jesus chamou de Pai, e é Ame-no-Mioya-Gami, Senhor Deus japonês. El Cantare enviou partes de sua alma à Terra, tais como Buda Shakyamuni e Hermes, para guiar a humanidade e desenvolver as civilizações. Atualmente, a consciência central de El Cantare desceu à Terra como Mestre Ryuho Okawa e está pregando ensinamentos para unir as religiões e integrar vários campos de estudo a fim de guiar toda a humanidade à verdadeira felicidade.

Alpha: parte da consciência central de El Cantare, que desceu à Terra há cerca de 330 milhões de anos. Alpha pregou as Verdades da Terra para harmonizar e unificar os humanos nascidos na Terra e os seres do espaço que vieram de outros planetas.

Elohim: parte da consciência central de El Cantare, que desceu à Terra há cerca de 150 milhões de anos. Ele pregou sobre a sabedoria, principalmente sobre as diferenças entre luz e trevas, bem e mal.

Ame-no-Mioya-Gami: Ame-no-Mioya-Gami (Senhor Deus japonês) é o Deus Criador e ancestral original do povo japonês que aparece na literatura da antiguidade, *Hotsuma Tsutae*. É dito que Ele desceu na região do Monte Fuji 30 mil anos atrás e construiu a dinastia Fuji, que é a raiz da civilização japonesa. Centrados na justiça, os ensinamentos de Ame-no-Mioya-Gami espalharam-se pelas civilizações antigas de outros países do mundo.

Buda Shakyamuni: Sidarta Gautama nasceu como príncipe do clã Shakya, na Índia, há cerca de 2.600 anos. Aos 29 anos, renunciou ao mundo e ordenou-se em busca de iluminação. Mais tarde, alcançou a Grande Iluminação e fundou o budismo.

Hermes: na mitologia grega, Hermes é considerado um dos doze deuses do Olimpo. Porém, a verdade espiritual é que ele foi um herói da vida real que, há cerca de 4.300 anos, pregou os ensinamentos do amor e do desenvolvimento que se tornaram a base da civilização ocidental.

Ophealis: nasceu na Grécia há cerca de 6.500 anos e liderou uma expedição até o distante Egito. Ele é o deus dos milagres, da prosperidade e das artes, e também é conhecido como Osíris na mitologia egípcia.

Rient Arl Croud: nasceu como rei do antigo Império Inca há cerca de 7.000 anos e ensinou sobre os mistérios da mente. No mundo celestial, ele é o responsável pelas interações que ocorrem entre vários planetas.

Thoth: foi um líder onipotente que construiu a era dourada da civilização de Atlântida há cerca de 12 mil anos. Na mitologia egípcia, ele é conhecido como o deus Thoth.

Ra Mu: foi o líder responsável pela instauração da era dourada da civilização de Mu, há cerca de 17 mil anos. Como líder religioso e político, ele governou unificando a religião e a política.

SOBRE A HAPPY SCIENCE

A Happy Science é um movimento global que capacita as pessoas a encontrar um propósito de vida e felicidade espiritual, e a compartilhar essa felicidade com a família, a sociedade e o planeta. Com mais de 12 milhões de membros em todo o globo, ela visa aumentar a consciência das verdades espirituais e expandir nossa capacidade de amor, compaixão e alegria, para que juntos possamos criar o tipo de mundo no qual todos desejamos viver. Seus ensinamentos baseiam-se nos Princípios da Felicidade – Amor, Conhecimento, Reflexão e Desenvolvimento –, que abraçam filosofias e crenças mundiais, transcendendo as fronteiras da cultura e das religiões.

O **amor** nos ensina a dar livremente sem esperar nada em troca; amar significa dar, nutrir e perdoar.

O **conhecimento** nos leva às ideias das verdades espirituais e nos abre para o verdadeiro significado da vida e da vontade de Deus – o universo, o poder mais alto, Buda.

A **reflexão** propicia uma atenção consciente, sem o julgamento de nossos pensamentos e ações, a fim de nos ajudar a encontrar o nosso eu verdadeiro – a essência de nossa alma – e aprofundar nossa conexão com o poder mais alto. Isso nos permite alcançar uma mente limpa e pacífica e nos leva ao caminho certo da vida.

O **desenvolvimento** enfatiza os aspectos positivos e dinâmicos do nosso crescimento espiritual: ações que podemos adotar para manifestar e espalhar a felicidade pelo planeta. É um caminho que não apenas expande o crescimento de nossa alma, como também promove o potencial coletivo do mundo em que vivemos.

PROGRAMAS E EVENTOS

Os templos da Happy Science oferecem regularmente eventos, programas e seminários. Junte-se às nossas sessões de meditação, assista às nossas palestras, participe dos grupos de estudo, seminários e eventos literários. Nossos programas ajudarão você a:
- aprofundar sua compreensão do propósito e significado da vida;
- melhorar seus relacionamentos conforme você aprende a amar incondicionalmente;
- aprender a tranquilizar a mente, mesmo em dias muito estressantes, pela prática da contemplação e da meditação;
- aprender a superar os desafios da vida e muito mais.

CONTATOS

A Happy Science é uma organização mundial, com centros de fé espalhados pelo globo. Para ver a lista completa dos centros, visite a página happy-science.org (em inglês). A seguir encontram-se alguns dos endereços da Happy Science:

BRASIL

São Paulo (Matriz)
Rua Domingos de Morais 1154,
Vila Mariana, São Paulo, SP
CEP 04010-100, Brasil
Tel.: 55-11-5088-3800
E-mail: sp@happy-science.org
Website: happyscience.com.br

São Paulo (Zona Sul)
Rua Domingos de Morais 1154,
Vila Mariana, São Paulo, SP
CEP 04010-100, Brasil
Tel.: 55-11-5088-3800
E-mail: sp_sul@happy-science.org

São Paulo (Zona Leste)
Rua Itapeti 860, sobreloja
Tatuapé, São Paulo, SP
CEP 03324-002, Brasil
Tel.: 55-11-2295-8500
E-mail: sp_leste@happy-science.org

São Paulo (Zona Oeste)
Rua Rio Azul 194,
Vila Sônia, São Paulo, SP
CEP 05519-120, Brasil
Tel.: 55-11-3061-5400
E-mail: sp_oeste@happy-science.org

Campinas
Rua Joana de Gusmão 108,
Jd. Guanabara, Campinas, SP
CEP 13073-370, Brasil
Tel.: 55-19-4101-5559

Capão Bonito
Rua General Carneiro 306,
Centro, Capão Bonito, SP
CEP 18300-030, Brasil
Tel.: 55-15-3543-2010

Jundiaí
Rua Congo 447,
Jd. Bonfiglioli, Jundiaí, SP
CEP 13207-340, Brasil
Tel.: 55-11-4587-5952
E-mail: jundiai@happy-science.org

Londrina
Rua Piauí 399, 1º andar, sala 103,
Centro, Londrina, PR
CEP 86010-420, Brasil
Tel.: 55-43-3322-9073

Santos / São Vicente
Tel.: 55-13-99158-4589
E-mail: santos@happy-science.org

Sorocaba
Rua Dr. Álvaro Soares 195, sala 3,
Centro, Sorocaba, SP
CEP 18010-190, Brasil
Tel.: 55-15-3359-1601
E-mail: sorocaba@happy-science.org

Rio de Janeiro
Rua Barão do Flamengo 32, 10º andar,
Flamengo, Rio de Janeiro, RJ
CEP 22220-080, Brasil
Tel.: 55-21-3486-6987
E-mail: riodejaneiro@happy-science.org

ESTADOS UNIDOS E CANADÁ

Nova York
79 Franklin St.,
Nova York, NY 10013
Tel.: 1-212-343-7972
Fax: 1-212-343-7973
E-mail: ny@happy-science.org
Website: happyscience-usa.org

Los Angeles
1590 E. Del Mar Blvd.,
Pasadena, CA 91106
Tel.: 1-626-395-7775
Fax: 1-626-395-7776
E-mail: la@happy-science.org
Website: happyscience-usa.org

São Francisco
525 Clinton St.,
Redwood City, CA 94062
Tel./Fax: 1-650-363-2777
E-mail: sf@happy-science.org
Website: happyscience-usa.org

Havaí – Honolulu
Tel.: 1-808-591-9772
Fax: 1-808-591-9776
E-mail: hi@happy-science.org
Website: happyscience-usa.org

Havaí – Kauai
4504 Kukui Street,
Dragon Building Suite 21,
Kapaa, HI 96746
Tel.: 1-808-822-7007
Fax: 1-808-822-6007
E-mail: kauai-hi@happy-science.org
Website: happyscience-usa.org

Flórida
5208 8th St., Zephyrhills,
Flórida 33542
Tel.: 1-813-715-0000
Fax: 1-813-715-0010
E-mail: florida@happy-science.org
Website: happyscience-usa.org

Toronto (Canadá)
845 The Queensway Etobicoke,
ON M8Z 1N6, Canadá
Tel.: 1-416-901-3747
E-mail: toronto@happy-science.org
Website: happy-science.ca

INTERNACIONAL

Tóquio
1-6-7 Togoshi, Shinagawa
Tóquio, 142-0041, Japão
Tel.: 81-3-6384-5770
Fax: 81-3-6384-5776
E-mail: tokyo@happy-science.org
Website: happy-science.org

Londres
3 Margaret St.,
Londres, W1W 8RE, Reino Unido
Tel.: 44-20-7323-9255
Fax: 44-20-7323-9344
E-mail: eu@happy-science.org
Website: happyscience-uk.org

Sydney
516 Pacific Hwy, Lane Cove North,
NSW 2066, Austrália
Tel.: 61-2-9411-2877
Fax: 61-2-9411-2822
E-mail: sydney@happy-science.org
Website: happyscience.org.au

Kathmandu
Kathmandu Metropolitan City
Ward Nº 15, Ring Road, Kimdol,
Sitapaila Kathmandu, Nepal
Tel.: 977-1-427-2931
E-mail: nepal@happy-science.org

Kampala
Plot 877 Rubaga Road, Kampala
P.O. Box 34130, Kampala, Uganda
E-mail: uganda@happy-science.org

Paris
56-60 rue Fondary 75015
Paris, França
Tel.: 33-9-50-40-11-10
Website: www.happyscience-fr.org

Berlim
Rheinstr. 63, 12159
Berlim, Alemanha
Tel.: 49-30-7895-7477
E-mail: kontakt@happy-science.de

Seul
74, Sadang-ro 27-gil,
Dongjak-gu, Seoul, Coreia do Sul
Tel.: 82-2-3478-8777
Fax: 82-2- 3478-9777
E-mail: korea@happy-science.org

Taipé
No 89, Lane 155, Dunhua N. Road.,
Songshan District, Cidade de Taipé 105,
Taiwan
Tel.: 886-2-2719-9377
Fax: 886-2-2719-5570
E-mail: taiwan@happy-science.org

Kuala Lumpur
No 22A, Block 2, Jalil Link Jalan
Jalil Jaya 2, Bukit Jalil 57000, Kuala
Lumpur, Malásia
Tel.: 60-3-8998-7877
Fax: 60-3-8998-7977
E-mail: malaysia@happy-science.org
Website: happyscience.org.my

A Série *O Estigma Oculto*

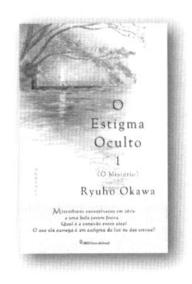

O Estigma Oculto 1 <O Mistério>
IRH Press do Brasil

Ryuho Okawa lança seu primeiro romance de suspense espiritual, que faz parte da Série *O Estigma Oculto*. Diversas mortes misteriosas começam a ocorrer na vibrante e moderna Tóquio.A polícia logo percebe que solucionar esses casos será um desafio enorme, já que as vítimas não apresentam nenhum tipo de ferimento e não há nenhuma pista do possível agressor. Mais tarde, esses misteriosos assassinatos em série apontam para uma jovem freira... Um novo gênero de mistério, este romance envolvente e cheio de reviravoltas convida você a entrar num mundo de sensações totalmente novo.

O Estigma Oculto 2 <A Ressurreição>
IRH Press do Brasil

Uma sequência de *O Estigma Oculto 1* <O Mistério>, de Ryuho Okawa. Depois de uma extraordinária experiência espiritual, uma jovem e misteriosa freira católica recebe agora uma nova e nobre missão. Que tipo de destino enfrentará? Será esperança ou desespero que a espera? A história se desenvolve em uma sequência de eventos inimaginável. Você está pronto para o final chocante?

OUTROS LIVROS DE RYUHO OKAWA

SÉRIE LEIS

As Leis do Sol – A Gênese e o Plano de Deus
IRH Press do Brasil

Ao compreender as leis naturais que regem o universo e desenvolver sabedoria pela reflexão com base nos Oito Corretos Caminhos, o autor mostra como acelerar nosso processo de desenvolvimento e ascensão espiritual. Edição revista e ampliada.

As Leis De Messias – Do Amor ao Amor
IRH Press do Brasil

Okawa fala sobre temas fundamentais, como o amor de Deus, a fé verdadeira e o que os seres humanos não podem perder de vista ao longo do treinamento de sua alma na Terra. Ele revela os segredos de Shambala, o centro espiritual da Terra, e por que devemos protegê-lo.

As Leis da Coragem – Seja como uma Flama Ardente e Libere Seu Verdadeiro Potencial – IRH Press do Brasil

Os fracassos são como troféus de sua juventude. Você precisa extrair algo valioso deles. De dicas práticas para formar amizades duradouras a soluções universais para o ódio e o sofrimento, Okawa nos ensina a transformar os obstáculos em alimento para a alma.

As Leis do Segredo
A Nova Visão de Mundo que Mudará Sua Vida
IRH Press do Brasil

Qual é a Verdade espiritual que permeia o universo? Que influências invisíveis aos olhos sofremos no dia a dia? Como podemos tornar nossa vida mais significativa? Abra sua mente para a visão de mundo apresentada neste livro e torne-se a pessoa que levará coragem e esperança aos outros aonde quer que você vá.

As Leis de Aço
Viva com Resiliência, Confiança e Prosperidade
IRH Press do Brasil

A palavra "aço" refere-se à nossa verdadeira força e resiliência como filhos de Deus. Temos o poder interior de manifestar felicidade e prosperidade, e superar qualquer mal ou conflito que atrapalhe a próxima Era de Ouro.

As Leis do Sucesso – Um Guia Espiritual para Transformar suas Esperanças em Realidade
IRH Press do Brasil

O autor mostra quais são as posturas mentais e atitudes que irão empoderá-lo, inspirando-o para que possa vencer obstáculos e viver cada dia de maneira positiva e com sentido. Aqui está a chave para um novo futuro, cheio de esperança, coragem e felicidade!

As Leis da Invencibilidade – Como Desenvolver uma Mente Estratégica e Gerencial – IRH Press do Brasil

Okawa afirma: "Desejo fervorosamente que todos alcancem a verdadeira felicidade neste mundo e que ela persista na vida após a morte. Um intenso sentimento meu está contido na palavra 'invencibilidade'. Espero que este livro dê coragem e sabedoria àqueles que o leem hoje e às gerações futuras".

As Leis da Sabedoria – Faça Seu Diamante Interior Brilhar – IRH Press do Brasil

A única coisa que o ser humano leva consigo para o outro mundo após a morte é seu coração. E dentro dele reside a sabedoria, a parte que preserva o brilho de um diamante. O mais importante é jogar um raio de luz sobre seu modo de vida e produzir magníficos cristais durante sua preciosa passagem pela Terra.

As Leis da Perseverança – Como Romper os Dogmas da Sociedade e Superar as Fases Difíceis da Vida – IRH Press do Brasil

Você pode vencer os obstáculos da vida apoiando-se numa força especial: a perseverança. O autor compartilha seus segredos no uso da perseverança e do esforço para fortalecer sua mente, superar suas limitações e resistir ao longo do caminho que o levará a uma vitória infalível.

As Leis da Felicidade
Os Quatro Princípios para uma Vida
Bem-Sucedida – Editora Cultrix

Uma introdução básica sobre os Princípios da Felicidade: Amor, Conhecimento, Reflexão e Desenvolvimento. Se as pessoas conseguirem dominá-los, podem fazer sua vida brilhar, tanto neste mundo como no outro, e escapar do sofrimento para alcançar a verdadeira felicidade.

SÉRIE AUTOAJUDA

Vivendo sem estresse – Os Segredos de uma Vida Feliz e Livre de Preocupações – IRH Press do Brasil

Por que passamos por tantos desafios? Deixe os conselhos deste livro e a perspectiva espiritual ajudá-lo a navegar pelas turbulentas ondas do destino com um coração sereno. Melhore seus relacionamentos, aprenda a lidar com as críticas e a inveja, e permita-se sentir os milagres dos Céus.

Os Verdadeiros Oito Corretos Caminhos – Um Guia para a Máxima Autotransformação – IRH Press do Brasil

Neste livro, Okawa nos orienta como aplicar no cotidiano os ensinamentos dos Oito Corretos Caminhos propagados por Buda Shakyamuni e mudar o curso do nosso destino. Descubra este tesouro secreto da humanidade e desperte para um novo "eu", mais feliz, autoconsciente e produtivo.

Twiceborn – Renascido – Partindo do comum até alcançar o extraordinário – IRH Press do Brasil

Twiceborn está repleto de uma sabedoria atemporal que irá incentivar você a não ter medo de ser comum e a vencer o "eu fraco" com esforços contínuos. Eleve seu autoconhecimento, seja independente e desperte para os diversos valores da vida.

Introdução à Alta Administração
Almejando uma Gestão Vencedora
IRH Press do Brasil

Almeje uma gestão vencedora com: os 17 pontos-chave para uma administração de sucesso; a gestão baseada em conhecimento; atitudes essenciais que um gestor deve ter; técnicas para motivar os funcionários; a estratégia para sobreviver a uma recessão.

O Verdadeiro Exorcista – Obtenha Sabedoria para Vencer o Mal – IRH Press do Brasil

Assim como Deus e os anjos existem, também existem demônios e maus espíritos. Esses espíritos maldosos penetram na mente das pessoas, tornando-as infelizes e espalhando infelicidade àqueles ao seu redor. Aqui o autor apresenta métodos poderosos para se defender do ataque repentino desses espíritos.

Mente Próspera – Desenvolva uma Mentalidade para Atrair Riquezas Infinitas – IRH Press do Brasil

Okawa afirma que não há problema em querer ganhar dinheiro se você procura trazer algum benefício à sociedade. Ele dá orientações valiosas como: a atitude mental de não rejeitar a riqueza, a filosofia do dinheiro é tempo, como manter os espíritos da pobreza afastados, entre outros.

O Milagre da Meditação – Conquiste Paz, Alegria e Poder Interior – IRH Press do Brasil

A meditação pode abrir sua mente para o potencial de transformação que existe dentro de você e conecta sua alma à sabedoria celestial, tudo pela força da fé. Este livro combina o poder da fé e a prática da meditação para ajudá-lo a conquistar paz interior e cultivar uma vida repleta de altruísmo e compaixão.

THINK BIG – Pense Grande – O Poder para Criar o Seu Futuro – IRH Press do Brasil

A ação começa dentro da mente. A capacidade de criar de cada pessoa é limitada por sua capacidade de pensar. Com este livro, você aprenderá o verdadeiro significado do Pensamento Positivo e como usá-lo de forma efetiva para concretizar seus sonhos.

Estou Bem! – 7 Passos para uma Vida Feliz
IRH Press do Brasil

Este livro traz filosofias universais que irão atender às necessidades de qualquer pessoa. Um tesouro repleto de reflexões que transcendem as diferenças culturais, geográficas, religiosas e étnicas. É uma fonte de inspiração e transformação com instruções concretas para uma vida feliz.

A Mente Inabalável – Como Superar as Dificuldades da Vida– IRH Press do Brasil

Para o autor, a melhor solução para lidar com os obstáculos da vida – sejam eles problemas pessoais ou profissionais, tragédias inesperadas ou dificuldades contínuas – é ter uma mente inabalável. E você pode conquistar isso ao adquirir confiança em si mesmo e alcançar o crescimento espiritual.

SÉRIE FELICIDADE

A Verdade sobre o Mundo Espiritual
Guia para uma vida feliz – IRH Press do Brasil

Em forma de perguntas e respostas, este precioso manual vai ajudá-lo a compreender diversas questões importantes sobre o mundo espiritual. Entre elas: o que acontece com as pessoas depois que morrem? Qual é a verdadeira forma do Céu e do Inferno? O tempo de vida de uma pessoa está predeterminado?

Convite à Felicidade
7 Inspirações do Seu Anjo Interior
IRH Press do Brasil

Este livro traz métodos práticos para criar novos hábitos para uma vida mais leve, despreocupada, satisfatória e feliz. Por meio de sete inspirações, você será guiado até o anjo que existe em seu interior: a força que o ajuda a obter coragem e inspiração e ser verdadeiro consigo mesmo.

A Essência de Buda
O Caminho da Iluminação e da Espiritualidade Superior – IRH Press do Brasil

Este guia almeja orientar aqueles que estão em busca da iluminação. Você descobrirá que os fundamentos espiritualistas, tão difundidos hoje, na verdade foram ensinados por Buda Shakyamuni, como os Oito Corretos Caminhos, as Seis Perfeições, a Lei de Causa e Efeito e o Carma, entre outros.

Ame, Nutra e Perdoe
Um Guia Capaz de Iluminar Sua Vida
IRH Press do Brasil

O autor revela os segredos para o crescimento espiritual por meio dos Estágios do amor. Cada estágio representa um nível de elevação. O objetivo do aprimoramento da alma humana na Terra é progredir por esses estágios e conseguir desenvolver uma nova visão do amor.

O Estigma Oculto 3 <O Universo>

O Caminho da Felicidade – Torne-se um Anjo na Terra – IRH Press do Brasil

Aqui o leitor vai encontrar a íntegra dos ensinamentos de Ryuho Okawa, que servem de introdução aos que buscam o aperfeiçoamento espiritual: são Verdades Universais que podem transformar sua vida e conduzi-lo para o caminho da felicidade.

Mude Sua Vida, Mude o Mundo – Um Guia Espiritual para Viver Agora – IRH Press do Brasil

Este livro é uma mensagem de esperança, que contém a solução para o estado de crise em que vivemos hoje. É um chamado para nos fazer despertar para a Verdade de nossa ascendência, a fim de que todos nós possamos reconstruir o planeta e transformá-lo numa terra de paz, prosperidade e felicidade.

As Chaves da Felicidade
Os 10 Princípios para Manifestar a Sua Natureza Divina – Editora Cultrix

Neste livro, o autor ensina de forma simples e prática os dez princípios básicos – Felicidade, Amor, Coração, Iluminação, Desenvolvimento, Conhecimento, Utopia, Salvação, Reflexão e Oração – que servem de bússola para nosso crescimento espiritual e nossa felicidade.